読んで旅する
よんたび

フィンランドは今日も平常運転

芹澤 桂

大和書房

はじめに　フィンランド人を見分けるには

「フィンランド人ってどんな人たち？」と聞かれるとそんなの簡単に断定できないよ、と困ってしまうのだけれど海外旅行中にフィンランド人を見分けることは朝飯前、慣れればすぐにでも身につく役に立たない技能である。

数年前、十一月に南スペインに滞在したとき。往路でマラガ空港からヘルシンキ行きの直行便にチェックインしようとしていた。

決して広い空港ではないけれど、午後のその時間帯はデンマークやイギリスなど北ヨーロッパへの出発便が何本か集中しており空港はバカンスを終えた人々で混み合っていた。ずらっと横に並んだチェックインカウンターの前に何本もの行列ができ、背の高い人たちに隠され電光掲示板は見えず、どの列がどこ行きでどの航空会社だかわからないほどには。

そんな中、私は即座にヘルシンキ行きの列の最後尾を見つけた。北ヨーロッパの人々が南スペインまで出てきてやることといえば、第一に日光浴、日焼けである。不健康なほど真っピンクに白い肌を焼いてしまった人たちもちらほらいて目も当てられないのはどの列も同じようなものだけど、その中でもひときわリラックスした風の人々、それがフィンランド人だ。

まず、短パンとサンダルに短い靴下を合わせている男性がいたらほぼフィンランド人だと断定していい。機内持ち込み手荷物はたいてい男女問わずアウトドアショップで売っていそうなバックパックで、暗闇で車の光を反射するリフレクターをつけっぱなしだとなお可能性は高まる。

お隣の国スウェーデンでもリフレクターを使うけれど、スウェーデンの人たちはほんの少しぱりっとしているというか。フィンランド人がTシャツならスウェーデン人は半そでのYシャツとか、Tシャツの上から何か羽織ものを肩にかけていたり男性でもスカーフをしていたり。

フィンランド人がアウトドアのハーフパンツならスウェーデン人はピンストライプのコットンハーフパンツかサーフパンツにデッキシューズとか、セーリングしてそうなスタイルが多い。

それからフィンランド人の女性はマリメッコのショップで一定以上の額のお買い上げでもらえるノベルティの布製エコバッグ、つまり無料の品を誰かしら提《さ》げている。

これはもう、フィンランド人の行列があったらもれなくといっていいぐらいに遭遇する。男性が肩にかけていることもある。もしくはやはりマリメッコなどフィンランドブランドの布製がまぐちサコッシュ。これらを街で見かけない日などないほど愛用されているので、海外旅行中も平常運転のフィンランド人たちは非常に見つけやすいのだ。

そう、海外においても平常運転というのが、フィンランド人の特徴なのかもしれない。


ガイドブックなんかを見ると、フィンランド人はシャイで内向的、お酒の力を借りて陽気になるが普段は誠実で親切な人々、などと書かれていることが多い。しかしそれらの特徴にぴったり当てはまる人などいないだろう。

私の周囲にいる、フィンランドにて外国人として暮らしている人々はそんなステレオタイプのイメージにとらわれず、歯に衣着せぬ表現でフィンランド人とは、を語る。

ある人は「フィンランド人ってネグレクト」といった。

ある人は「フィンランド人って同じ国民同士で壁ばかり作っていて外国人はその輪には入れない」といった。

またある人は「フィンランド人ってリラックスした草食動物みたいな顔して向上心が強すぎる」といった。

私は移住一年目のとき、この人たち全然働かないな、と思っていた。

もちろんどれも個人の受けた印象や感想である。でもそのミクロ単位の世界でこそフィンランド人たちは生きているのである。

この本ではこれまで私が出会った印象的なフィンランド人を描写していきたい。フィンランド人って変！　とは決して断定せず、こういう人もいる、きっと普通の人もいるはずだ、程度に受け止めていただけたらと思う。

Contents

第2章 ととのわない楽しみ

第3章

それぞれのやり方で

第4章

もちろん楽ありゃ苦もあるさ

第5章 どっぷり暮らせど謎はつきない

第1章

ヘルシンキの街角で

しゃべくり店員アルフォンソとのバトル

フィンランド人はシャイ、とガイドブックや観光協会のサイトなど各所で書かれているにも拘《かか》わらず、移住してきた私を驚かせたのはスーパーでの見知らぬ人との世間話だ。

フィンランドのスーパーでは多くの国と同じく、レジで打ってもらうために自分で商品をコンベアに乗せる。店員は座っており、流れてくる商品のバーコードを読み取っていくだけ。店員の前を無事通った商品は再びコンベアで流れ客が自分で袋づめをしつつ、支払いも済ませるという形式だ。もちろん店員はわざわざ値段を読み上げたりしないし現金払いの方がレアなので金銭の受け渡しも少ない。

そこでレジに並ぶ列や袋づめの間に隣り合った他の客と、一言二言会話を交わすことも珍しくない。というか我が家の夫がよく一方的に話しかけられる。もっとも彼の場合観光客として訪れた海外においてもしばしば道を尋ねられるから、話しかけやすい風貌《ふうぼう》をしているのかもしれない。近所のスーパーでも知人でもない他の客に今日の天気を聞かれたり、その商品なに、と話しかけられたりする。

しかし私が一人で行くと明らかに外国人のため、周囲も放っておいてくれるのが常だった。

アルフォンソに出会うまでは。

アルフォンソ、というのは移住当初住んでいた近所のスーパーの店員である。年齢はおそらく二十代後半から三十代、いや、四十代にも見える。茶髪で同じ色の口髭《くちひげ》、顎《あご》髭を鎖骨まで届きそうなほど伸ばし放題にしていて、その容貌が私の大好きなカナダのサーカス「シルク・アルフォンソ」のキャストたちにそっくりなことから我が家でのみ彼のことをアルフォンソと呼び始めた。本当の名は知らない。

そのスーパーはドイツ資本で、戦後長らく国産スーパーだらけで競争も少なかったフィンランドに進出してきて様々な価格破壊をもたらした市民にとっては救いの手、平たくいうと安くて助かるに尽きる店だった。我が家から徒歩三分の場所に位置していたのでひいきにしていたのだ。

移住間もなくは英語しか話せず、炭酸水一つを買うにもペットボトルの成分表記のフィンランド語ではなく併記されている公用語・スウェーデン語を、フィンランド語よりは英語に近いからという理由で目を細めながら読んでいるような状態だった(わからないときはボトルを振ってみたりもした)。鶏もも肉が見つからない。紅茶には何が入っているかわからない。一つ一つの商品を買うのに時間と気力を消耗する買い出しはもはや試練だった。

しかしやっと必要なものをカゴに収め、残りは会計だけ、という状態でたどり着いたレジにアルフォンソがいると、私は列を変えたくなってしまう。

アルフォンソは、テキパキとレジを打ちながら前の客とずっと何かを話しているのだ。普通なら最初の「どうも」と最後の「ありがとう、よい一日を」ぐらいのものなのに、「やあ、どうも、調子はどう? いい? そう、それはよかった。それにしても今日は暑いねぇ。暑いといえば僕のおばの飼っている猫の話なんだけどさ……」などといった具合に延々と口を動かし、一見ひげもじゃでとっつきにくそうなんてイメージはバーベキューのソーセージみたいにころんとひっくり返して、茶色い目を人懐っこいトイプードルがごとく輝かせながらレジを打っている。

素敵なことだと思う。日常の中にありふれたたかがスーパーでの買い物の締めくくりを、客にただ立って待たせるだけでなく自ら話題をぽんぽんと出し、同時に手も止めずむしろ他のレジ打ちより早い。彼の話術と親しみやすさはどこのスーパーでも同じなどと決して思わせず、きっと彼目当てのリピーターも多いはずだ。アルフォンソがそこまで考えているのかは知らないが、経営者だったら重宝する人材だと思う。いい、大いにやってくれたまえ。

しかしそれがもう、私には恐怖でしかない。

なんせこちとらフィンランド語が話せないのだ。自分の番になって一方的にまくしたてられたら、よく通るアルフォンソの声に私は消え入りそうな声で「すみません、わかりません」と答えるのだろうか。アルフォンソの会話には、他の客が耳をそばだてているのも知っている。嫌だ、目立ちたくない、私は速やかに今週分の買い物を終えたいだけなのに。

そんなわけで恐怖の対象アルフォンソのレジに並ぶのを私はなるべく避けてやり過ごしていたのだけれど、あるとき混雑時に「四番レジ開きます」と放送が入った。

日本のスーパーなら、レジの次に並んでいる人を通すべく店員さんがそのカゴを新たに開けたレジまで運んでくれたりする大変素晴らしい、こちらが恐縮してしまうような気遣いがあるけれど、フィンランドは違う。この国の人はレジでこそきちんと並んでいるが、バス停などでも基本は並ばない。新しいレジが開いた際も早いもの勝ち、つまり先にそちらに走ったもの勝ちである。ちなみに店員は客が移動した頃に悠然とやってくる。

そのとき、すでに二台開いているレジにアルフォンソの姿はなかった。これから開くという四番レジに入るのかもしれない、と当たりを付け、私は移動せず元の長い列にとどまった。

素早い人たちはさっさと新しいレジに移り、店員も来た。アルフォンソじゃなかった。今日はいないのか、と安心していると私の前方、これから進む予定のレジ打ちが交代となり恐怖のアルフォンソが入ってきた……！

もう次の番は私である。この時点で列を移るのは気まずすぎる。こういうとき他人がどう思うかを気遣ってしまう自分の性格を呪いながら私はついに恐怖のアルフォンソと対峙《たいじ》した。商品をコンベアに乗せて足を踏み出す。

「やあ！」

明るく声をかけてくるアルフォンソ。

「こんにちは……」

私はぎこちないフィンランド語で応えた。コミュニケーション能力ばっちりなアルフォンソよ、どうかこの発音と私の外見で悟ってくれ、こちらは不慣れな外国人だということを、と心の中で強く願う。しかし、

「調子はどうよ？」

アルフォンソは構わずにジャブを繰り出した。「見たクール」と空耳しそうなフィンランド語の「ごきげんいかが」は彼の手にかかると旧友の挨拶のように響くが、私にこんなひげもじゃの友達はいない。

「まあよいです」

教科書通りの答え、英語ならｇｏｏｄ、の一言に精一杯そんなニュアンスを込めて応えた。いいけどなんなの、というぶっきらぼうな響きさえあった。アルフォンソが片眉を上げて私の顔を見返す。

「そりゃよかった」

そして黙った。沈黙したのだ、あのアルフォンソが！　私は勝ったのだこの戦いに！

始まりが言語能力の欠如という点を差し置いて胸を張っている場合ではないと今なら思うのだが、周りの客があらあの店員の彼今日は静かだわ、と意外そうに様子をうかがっていて私は誇らしかった。その後アルフォンソが口を開いたのは精算額を告げるときと会計が終わってからのありがとうのみ。

もともと私は言葉に不自由のない日本でも静かに買い物を済ませたい派である。陽気におしゃべりしたい客だけじゃないんだよ、と決して嫌っているわけではないアルフォンソにわかってもらえたようで嬉しかった。

後日そのスーパーの並びのパブに立ち寄ると、アルフォンソを見つけた。パブが提供している伝統的なフィンランド料理のランチビュッフェは人気があり、地元の、もっというと徒歩圏内で来られる人でいつもにぎわっている。こういったパブはヘルシンキ市内にいくつもあり、わざわざ他のエリアから来るほどではないが味はまあよくバラエティに富んでいるので地元に愛され存続しているのだ。金曜日の夜は店内のミニステージで、昔人気だったけど今は太って髪も薄くなってしまったミュージシャンがコンサートやカラオケ大会を開くようなどこか哀愁漂う場所だ。

そのパブの、にぎわっているランチビュッフェも終わりかけの時間帯に、アルフォンソは昼休憩中なのか一人で座り皿をつついていた。外は快晴で誰もが料理を取るとテラス席に直行している中、アルフォンソは暗い店内にとどまっている。五十年代をテーマにしたインテリア、モノクロ写真や古いポスター、を背景に、たまに顔見知りの常連に話しかけられても短い挨拶だけで、おや、と思った。あのマシンガントークはどうやら職場に置いてきたようだった。

彼の皿にはサラダとその上に、小ぶりのニシンを酢漬けにしてさらにマスタードで漬け込んだものがたっぷり載っていた。スーパーでも買える品ではあるけれどこの店のものはよく漬かっていて口に入れるとねっとりとした魚の感触と甘いマスタードの香りが口中に広がる。私の好物でもあるのでよく知っていた。

ビュッフェテーブルで自分の料理を取り、テラス席へ抜けるためにアルフォンソのテーブルの横を通ったとき、目が合った。彼は顎を少し上げ、よう、というようなそぶりを見せた。お前のことは覚えているぜ、という意思表示だけで終わった。私が手にしていた皿にもたっぷりとマスタード味のニシンが乗っていたけれどそれに彼が気づいたかどうかはわからない。

しばらくすると彼は紙ナプキンできれいに口の周りを拭《ぬぐ》い、職場へと戻っていった。

フィンランドのキラキラ女子ロッタ

キラキラ女子という言葉はフィンランド語では聞いたことがないけれど、それがぴったり当てはまるのが私の友人のロッタだ。

ロッタとは酒場で知り合った。若者が集まる、昔は少し物騒だったけれど最近はなんだかおしゃれなヴィーガンレストランやカフェができ始めて様相が違ってきたぞ、という坂の上のエリアの、これまたおしゃれなバー。

私は日本から来た友人夫婦を連れており、一日の観光の終わりに音楽好きな彼らのために、黒を基調としたインテリアとウォルナットカウンターのあるバーで、質のよいスピーカーから流れる音楽をバックグラウンドにもう少し語らおうとやってきた。冬の太陽は早々に沈み、室内でだらだらとするのにこのバーはぴったりだった。

丸いテーブルのあるソファのコーナー席に着いた私たちの、隣のテーブルにロッタは女友達といた。私たちの話す日本語を聞きつけ、「あなたたち日本人!?」と食い気味に話しかけてきたのである。

彼女はその頃、市民講座の日本語コースを受講していた。語学学習は趣味なのだそうで、彼女は他にも何か国語かに手を出したことがある。それで友達になったのだ。

フィンランド人は酒の席で親しくなったとしても翌日には魔法が解けたように元のシャイな姿に戻ってしまう、といわれている。その夜の私も、日本の映画や観光地の話で盛り上がりロッタと連絡先を交換したものの、まあ連絡は来ないだろうなと思っていたが、連絡は来た。しかも翌朝七時頃に。

そのメッセージの内容は、またぜひ会いましょう、などという曖昧《あいまい》なものではなく、「今度の土曜日散歩に行かない?」だった。

かくして私は暗いバーで会って顔もうろ覚えのロッタと、市内の某所で待ち合わせをした。ヘルシンキでハチ公的な待ち合わせ場所であるストックマンデパートの時計の下、での待ち合わせだったとしたらきっと彼女を見つけられなかった自信があるけれど、私たちが待ち合わせたのはシベリウス・モニュメントのすぐ横だった。

フィンランドを代表する作曲家ジャン・シベリウスにささげられたモニュメント、ということらしいが鉄製のパイプがいくつも連結された抽象的な造形物の横にでっかいおっさんのしかめっつらが岩の上にどんと載っていて、そこに長時間立っているのはなんとなく居心地が悪い。よって訪れた人々はみんなそそくさと写真を撮ってさっさと観光バスに戻る。観光客ならよくいるけれど、フィンランド人女性は犬の散歩など通り過ぎていく以外めったに来ない。

その日は一月で、気温はマイナス十五度。気温がマイナス十度を下回ると、どういうわけだか空は急に晴れ渡り、見事な青空が拝める。しかしせっかく晴れてくれても寒いので雪は溶けないままとなり、青空と太陽、白い雪が眩《まぶ》しいばかりだ。

もう少し寒さがマイルドな日だったらな、と毎年ながら恨めしく思いつつ、それでも暗い日々を十一月頃から経験しているので太陽光に当たらなければと勝ったような負けたようななんとも複雑な気持ちで外に出ると明るいのは単純に清々しい。

周りを見渡すとやはり、この国こんなに人いたっけ、と失礼ながら思ってしまうほど、日を求めて穴倉から出てきた人たちが重たいジャケットにときどきサングラスといういでたちで歩いている。日はあるうちに浴びなければという思想に基づいた健全な行動である。

ロッタも同じような考えの持ち主で、明るい茶色の巻き毛を毛糸の帽子の下で揺らしながら待ち合わせ場所にやってきた。私を見つけて笑顔になる様は、光を受けているのも手伝って眩しいばかりだ。

私の周りでは、待ち合わせ場所にてお互いの顔を見つけては殺し屋同士の合図のように首肯のみするフィンランド人が非常に多いのだけれど、ロッタの場合は片手を上げぶんぶん振ってここにいるよ、と知らせてくれた。私も手を振り返すうちに、なんだか元気になってきた。

初めて一対一で会う相手を誘うのに散歩は、彼女と並んで歩き始めてみると、大正解のような気がした。

私を含む、散歩や森散策の日課を欠かさない種の人たちにとっては、忙しい間でも人と会いながら有酸素運動という名の生産的活動をできる素晴らしい案だな、と思った。ロッタも同じように毎日歩くという。

「どうせ歩くんだったらたまには近所だけじゃなくて道を変えて脳を活性化したいし、それならあなたと会話しながらも楽しいかなって思って誘ったの」

ロッタの案内で海沿いの道まで出た。凍った海の上を歩く人たちを横目にいろいろな話をする。日本語がきっかけで親しくなった人とは、日本旅行の際の無料ガイドのような役割を求められることが多いけれど、ここでの会話はそんな風じゃなかった。

よく話すロッタにつられるように、自分の話もたくさんした。仕事の話、日本でしていた学問の話、今まで訪れた国々、最近はまっている南米料理のこと。

ロッタはロッタで、小学生の子供が二人いて、働きながら大学院に通って資格を取ろうとしていること、今の職場は安定しているけれど資格取得の暁には転職も考えていること、などを教えてくれた。なんという向上心なのだろう。

そういう人たちがこの国には一定数いて、会社がサポートしてくれたり、自分のペースで卒論を仕上げられたりと、働きながらでも学ぶ方法はいくらでもあると知識としては知っていたけれど、それを体現してしかも人生楽しそうにキラキラしているロッタは眩しかった。

それにキャリアアップだけでなく彼女はいろいろなことに挑戦し続けていると語った。週に二日は子供たちの習い事に合わせてヨガとジムに通っていること、日本食に興味があって先週テリヤキサーモンどんぶりを作ったけれどあまり美しく仕上がらなかったこと。

「あなた何か運動はしている？」

ロッタが私に聞く。

「ううん、歩くのと、自転車に乗るぐらい。市内だったらどこでも自転車で行くようにしてる」

私は積極的にジムに出向いて汗を流したり食事制限をしたりするよりも、お腹いっぱい美味しいものを食べて日常生活の延長でカロリーを消費したい怠け者だ、正直にそう告げた。ロッタは笑って、

「それも効率的でいいわね！　他にも楽しいことはいっぱいあるもの」

と美しい横顔を見せた。

子育ての痕跡《こんせき》だろうか、口元や目元に小じわが現れてはいるものの、若いときはさぞ美人だったに違いない。すらっと高い背は一七〇センチを超えていてモデルみたいだ。それでもここ最近五キロほど太ったと、秘密を打ち明けるにはあまりにもあっけらかんとしてロッタはいった。

「でもあまり気にしてないの。だって私もう四十よ？　女優でもなんでもないし、私が多少太ったり痩《や》せたりしたからって誰が気にするの？」

当時三十代前半だった私は、そんな風に思えたら年を取るのも楽しいだろうなぁと見上げるような気持ちになったけれど、これを書いている四十歳目前の今、ロッタに影響されて老いるのも肥えるのも気にしないグループに仲間入りしている。

凍った海が反射する日の光の眩しさに目を細めながらロッタと肩を並べて歩く。途中、観光客にも地元の人にも人気のカフェがあったけれどこういう晴天の日は外のベンチ席まで大人気、入れそうにない。見越して私は、水筒に熱い紅茶を二人分、入れて持ってきていた。それを聞いたロッタが、

「じゃあプッラ買ってくるわ」
と軽い身のこなしで道路の向こうのコンビニまで行き、甘いシュガーバター
が載った菓子パン（プッラ）を買ってきてくれた。小さなコンビニでも自分で
トングで取って紙袋に入れレジでお会計をするスタイルの菓子パンやドーナツ、
惣菜《そうざい》パンが売られているのだ。

夏ならば緑の芝に覆われている公園に並んでいるベンチから適当に一つを選
び、厚く積もった雪を手袋で振り払い二人で腰を下ろした。お尻がひやりとす
る。持参した紙カップに水筒からお茶を注ぐと湯気までもが凍るのではないか
とはらはらしたけれどそんなことはなく紅茶の香りが雪の中に漂う。私もロッ
タも、それを手袋を外してむき身になった冷たい手で包み込んで暖を取った。

ロッタが買ってきてくれた紙袋からプッラを出してかじりつく。砂糖とバ
ターを混ぜ丸いパンの上に載せて焼いたこのプッラは少し温めるとバターが溶
けて美味しいのだけれど、冷たいままジャリジャリとした食感のシュガーバ
ターを食べるのもそう悪くはなかった。

視界は一面の雪景色で、一度溶けてまた凍った雪をかみ砕いていると錯覚し

そうな音がイヤーマフの下に押し込んだ耳の中で響く。じゃりじゃり、じゃりり。ベンチは硬く座るのが長くなるにつれ冷たさが伝わってくるけれど、幸運にも風はなく日が降り注いでいて気温マイナス十五度というほど寒さは感じられない。

「冬にピクニックしたのなんて初めて」

私は笑った。

「悪くないでしょ?」

ロッタはいたずらっぽく笑う。

そういえば私も彼女も、こんな寒いのに散歩するの、とか、わざわざ屋外でお茶するなんて、などと否定的なことは一切いわなかった。

向上も大事、でもこれで悪くない、というのも大事。

以来、ロッタとは会うたびに「初めてちゃんと会ったときピクニックしたよねー!」と笑い合っている。

長距離列車の甘い出会い

フィンランドの長距離電車に乗っている。地方への出張の帰りで、電車の旅は何年ぶりだろうと久々に一人の時間に浸ることができた。

私が座っている席はここ最近フィンランドの国鉄VRに導入された「エクストラ」という特別車両の一席だ。そう、一人旅だから奮発したのだ。ちょっと料金を上乗せするだけでゆったりとした椅子、誰とも隣り合わない一人だけの窓際の席、電源プラグ、それからフィンランド人が色めきだつ「無料の」コーヒーと紅茶がついてくる。その横には機内食で出てくるような背の低い透明プラスチックにアルミ製のふたが付いた水も置かれていて、国内の移動なのにちょっとした旅行気分だった。コーヒーの入った大型ポットはあっという間に空になったのはいうまでもなく、新しいポットがやってくるまでみんなそわそわしていた。

車窓からの清々しいほど退屈な風景（牧草、白樺、湖、白樺、松、ときどき太陽、の繰り返し）の鑑賞もさることながら、人間観察が捗《はかど》ってしょうがない。いうなれば日本のグリーン車に当たるこの車両で、私はビジネスに集中する愛すべき乗客たちと安らぎの時間を分かち合うものだと期待していたのだけれど、必ずしもそういうわけにはいかなかった。

二時間半にわたる旅程で最初の一時間ほどはノートパソコン相手にオンラインミーティングでフィンランド訛《なま》りの英語を喋りまくる人がいてうるさかった。それが終わったかと思ったら後方席でイヤホンなしに動画、しかも低俗なバラエティ番組を視聴する輩がいた。このイヤホンなし族は残念ながらフィンランドの公共交通機関ではびっくりするほどの確率で遭遇する。イヤホン、一個も持っていないなんてことないだろうに。

いいこともあった。乗り込んで最初に、私が予約していた席は一列席ではあるものの、後方の席とテーブルを挟んで向かい合っていた。仕事がしにくいったらこの上ない。そこに私の向かいとその後ろで席が離れ離れになってしまった年配の夫婦がやってきたので交換を申し出たらやたら感謝された。これで彼らはテーブルを一緒に使えるし、こちらこそ一人にしてくれてありがとうだ。

冴《さ》えない天気の秋の週末、朝十時に地方都市を出発した電車の特別車両は、ヘルシンキに着くまでに約二時間でほぼ満席になった。

私から斜め向かいの二人席に六歳ぐらいの男の子と並んで座っている女性は、足元に寒さ対策だろう、カラフルな手編みの毛糸の靴下をはいて、ブーツは脱いでいる。電車の中でくつろぐ際に毛糸の靴下を持っていくのは、スリッパよりもかさばらないしいい方法だな、と参考になった。

私の座っているシングル席が並ぶ列は見事にノートパソコンを開いた人ばかりで、土曜の朝だというのに働いている稀有《けう》なフィンランド人を見ることができる。とはいっても誰一人、この車両だけでなく四両編成の電車のおそらく誰一人としてスーツを着ている人はいない。私とて、金曜午後からの一泊出張帰りとはいえ、その実はカジュアルな企業イベントだったのでスーツは着込んでいない。なのでノートパソコン組ももしかしたらネットフリックスを見ているだけなのかもしれない。

隣のボックス席に座る女性一人客は、分厚いペーパーバックを読んでいる。フィンランド人はよく本を読む、といわれている。一車両のうち一割ぐらいは紙の本を読んでいる人がいるから本当なのかもしれない。

それから日常的すぎて書くのを忘れがちだけれど、編み物をしている人も必ずいる。席を交換した夫婦の奥さんの方は何杯目かになるコーヒーを飲みながら何やら編んでいる。私自身は編み物はしないので、こうやって文章をこねくり回している私よりもよっぽど有効な時間の使い方だなといつも感心してしまう。

そういえば先日も通勤バスの中で前に座っていたちょっと大柄で髪が赤くピアスをいくつもつけた一見怖そうなお姉さんが編み物をしだして勝手に暖かい気持ちになった。見るものをなんとなく平和な気持ちにさせるのだ、この高尚な趣味は。さらに私が編み物をしないものだから、あの機械的に進む作業を見かけると他人の手元をのぞき込むのはよくないと思いつつつい見入ってしまう。

そうこうしているうちにまたコーヒーのポットが空になったらしく、食堂車から新しいポットが運ばれてきた。編み物をしていた奥さんが席に成果物をいったん置いて立ち上がる。かなりのコーヒー好きらしい。そして淹《い》れたてコーヒーを手に戻ってくると思いついたように鞄をがさがさと探り、キャンディが入った包みを取り出した。フィンランドが誇るお菓子メーカーＦａｚｅｒ社の飴《あめ》のアソートメントで、銀紙にくるまれたいろいろなキャンディが入っている。白い飴やキャラメルみたいな味の飴。クマの描かれた包みや猫が描かれた包みは細長い飴が入って、どれも薄い飴の層をぱりっとかみ砕くととろりとしたキャラメルみたいなフィリングが入っている。

なぜそこまで詳しいかというとその奥さんが私のところに包みを持ってきて、お一つどう？　と聞いてきたからだ。席を換わったお礼、ということだろう。一つだけいただこうとすると、もっと取りなさいよ、と奥さんは笑ってキャンディを一つかみ分、私の手に乗せて行った。旦那さんも振り返って様子を見てにっこりしていた。

新幹線で冷凍ミカンや飴ちゃんを配る大阪のおばちゃんみたいな人、フィンランドにもいるんだな、と少し意外な出来事だった。

甘いものはそんなに食べないけれど、甘ったるい飴はコーヒーとよく合った。

私も年を取ってまた長距離電車に乗ることがあったら飴を持ち歩こう、そう思った。

「本当の」蚤の市

フィンランドに越してきた翌日、私を観光案内に連れ出そうと張り切っていた夫に、じゃあとフリーマーケットに連れていってもらうことにした。有名な観光どころは今までの旅行で見ていたので他にとり立てて行きたいところがなかったというのもある。

フィンランドのフリーマーケット（現地語で「キルッピス」）といえば、あれだ。ガラスや陶器のアンティーク品が広場に並ぶ、きらきらした催しものであるに違いない。ガイドブックでも見たことがある気がする。

しかし何年もヘルシンキの民をやっている夫が案内してくれたのは、薄暗い、半地下にある空間だった。コンクリートむき出しの搬入口のようなところから入っていくと奥にごちゃごちゃと小物が並んでいる棚がいくつも並んでいた。

並べられているのはいかにも安っぽいグラスの器もあるけれど、多くはガラクタとしか思えないねじや名前の知らない部品、布切れ、古本のようなものばかり。空気は埃《ほこり》っぽいし奥に銀縁眼鏡をかけた店番の老人が座っていて雰囲気抜群かと思えば競馬新聞を読みふけっているし、とても運命のものをじっくり物色する雰囲気ではない。

なんか違う。果てしなく違う。これでは素敵な蚤《のみ》の市などではなく秋葉原の路地裏のようだ。

しかし私はのちに知る。観光ガイドに載っているような広場でのイベントは夏季だけのもので、蚤の市とは本来こういうものなのだ、と。

最初の体験がなかなか衝撃的だったので私はそれ以来キルッピスを避けていた。もともと日本でもセカンドハンドショップなどは使用しない生活をしていた。買いたいものがあれば新品を買えばいいだけだ。わざわざ時間をかけて掘り出し物を掘り出しに行く意味がわからない。

そんな私が変わったのは、子供ができてからである。

まずヘルシンキの自宅の近所に子供服専門の小ぎれいなキルッピス、フリーマーケットというよりはセカンドハンドショップがあり出産前にのぞいてみた。きれいにハンガーにかけられサイズ別に並べられた服はどれも一着十ユーロ近くはし、そそくさと退散した。当時はわからなかったけれどそこは人気子供服ブランドのものを扱う店だったらしい。

しかし出産後、義母が新生児用の新品の服と共に「こっちは使い捨て用ね」とキルッピスで見つけてきた一着五十セントの服を大量に持ってきてくれた。そのどれもがきれいで、しかも安い。地元の店で見つけてきたという。

先輩ママたちは子供服や子育てグッズの話になると決まって「キルッピスで買えばいいよ」という。確かに数か月や数年しか使わないものを中古でそろえるのは効率的だ。これはもう一度本腰を入れて確認しに行った方がよさそうだ、と思えてきた。

夫の実家に遊びに行った際、ついでに義母が子供服を調達したというキルッピスを見に行くことにした。そこは地方都市の郊外にあり、街一番の広さを誇る巨大キルッピスである。といっても売り場の広さは学校の教室四つ分ほど。

レジ横にカフェが併設されていて、いかにも手作りといった風のドーナッツやパイが売られている。付き合いで来たと思われる男性が何人かゆっくりコーヒーをすすりながら新聞をめくっていた。

ここのキルッピスはなんでもありの店だ。入口を入るとまずビリヤード台やタンスなど大型家具が置かれている。いつ行っても置かれているから売れ残っているか売る気がないかのどちらかだと思う。

それから奥に進むと棚がずらりと七列並んでいる。ひと契約あたり幅約一メートル、胸の高さほどある棚を週に三十五ユーロで貸し出しており、借主はそこに売りたいものを並べるという仕組みだ。ハンガーをかけられるタイプのものや棚板のみのものなど種類はいくつかある。値札とバーコードはあらかじめつけられており、欲しいものがあったらレジへと持っていくので対面型の販売ではない。

基本は古着や古本、食器などが売られている。都会のキルッピスだと食器は別のガラス張りケースに入れられていたりするけれど、この田舎町《いなかまち》の店にはそんな配慮はなく、ときどきびっくりするような掘り出し物が見つかったりする。

確かこれ日本で高く売られていたはず、というようなものもよく見かける。

この個人テーブル型のキルッピスで私が好きなのは、出店している家庭の背景が見えるところだ。ピンクの子供服が並んでいればああここは女の子がいるのね、とか、このサイズを売っているということは今はこのぐらいの年齢ね、などと推測できる。ドレスが売られているとミュージシャンかしら、とか、アラビアの六十年代七十年代のものを安価で出しているとお年寄りの断捨離なのかも、などと想像するのも楽しい。カセットテープやVHSテープ、ダイヤル式のおもちゃの電話が売られているのを見たときは、タイムマシンに乗ったかのようだった。

思わず二度見してしまうテーブルもある。ブラが何着か売られているのを見たときは、個装もされておらず明らかに使用済みな雰囲気で売り主の意図を勘ぐってしまった（おそらく売る方は何も考えていない）。使いかけの香水や化粧水など、誰がそんなもの買うのかと問いたくなるものもある。

手編みの毛糸の手袋や靴下、手作りのピアスなど、ハンドメイド作品を置いている棚もある。そういう棚は他の棚が不用品を置いただけのように見えるのに対し、商品の並べ方もなかなか整然としていて見入ってしまう。

肝心の子供服は、ヘルシンキの一般的なキルッピスよりも安価だった。テーブル代の違いが出るのだろうか。それとも他に売るところがあまりないからだろうか。

フィンランドの冬の子供服は、本気で防寒にかかっているだけあって高い。新品のつなぎ型の防寒着は一着一万五千円から、冬用のブーツは五千円から、というのを毎シーズン、サイズに合わせてそろえていかなければいけないのだ。シーズンが終わりかけた頃にサイズアウトしそうになったり穴が開いたり洗い替えが必要になると親としてはひやっとする。そんなとき、特に第二子が生まれて使いまわしができるとわかるまでは、たびたびこのキルッピスのお世話になるようになった。

同じ子供服を扱っている棚でも、ごくまれにセンスのよい場所に出会うと嬉しい。このキルッピスには私が初訪問以来ひいきにしている棚があって、子供服を中心として売られているものはどれも清潔で、サイズ別にきれいにたたんで小さな箱に入れられており、その箱に貼られたサイズ表記のラベルまでもが手書きであるにも拘わらず凝ったフォントでおしゃれなのだ。服のテイストも統一されていて男の子用・女の子用共にスモーキーブルーやスモーキーピンク、アースカラーなど色合いが落ち着いていて私好みである。

常に出店しているわけではないけれどこの棚の持ち主がテーブルを借りていると一目でわかるので、私はまるでSNSでフォローをするがごとくその棚を「フォロー」して、きっといいものが見つかるはず、と真っ先にチェックに入る。

店内は広大なわけではないけれど、一つ一つの棚を見て回るとそれなりに疲れる。カゴに入れた商品をレジに持っていくと、そのすぐ横に美味しそうなケーキが売られておりコーヒーの香りが漂い、極めつけに商売上手なことにトイレの扉には「トイレの使用はカフェ利用者に限ります。それ以外は一人五十セント」と張り紙されている。トイレに五十セント払うぐらいなら二ユーロのコーヒーを飲んでトイレを借りた方がいい。

しかも都会からやってくるとこの、田舎の、いかにも地元の人が普通のキッチンで手作りしていますといった風のお菓子が魅力的に見えてしまい、最後についつい長居してしまうのもキルッピスでの常である。

KIRPPIS

静かな隣人

お隣さんが引っ越しをしている。

セダンを横付けして、小さなトランクがいっぱいになるまで荷物をつめ込んでいる。家具はおそらく処分になるのだろう。当面の生活に必要なものだけを運び出しているようだった。実際作業しているのは娘さんで、当の本人のお隣さん、八十歳近いおじいさん、は杖をついて指示を出している。久々にお目にかかったお隣のおじいさんだった。


第一子が生まれてすぐに家を住み替えたとき、同じく子持ちであった売り主は鍵の受け渡しの際に隣人についてこう教えてくれた。

「お隣は一人暮らしのおじいさんで、耳もよく聞こえないから多少騒がしくても大丈夫よ」

それまで住んでいたマンションから小さい庭付きのテラスハウスに引っ越すことになった最大の理由が、同マンション内に騒音で怒り狂う住人がいて赤子連れだといろいろ無理、というものだったので、その情報は大変ありがたいものだった。

引っ越してみると新居は、思っていた以上に静かだった。大きな道路に面しておらず周囲を数十メートルはある白樺の木に囲まれているのもあって、首都ヘルシンキでありながら森の中にぽつんと住んでいるようだった。

噂《うわさ》の隣人は、というと、そう厚くない壁を通してたまに椅子を引きずる音が聞こえてくる以外はやはりとても静かだった。脚が悪いらしく杖をついて毎朝八時きっかりに郵便ポストまで新聞を取りに行く姿が我が家のキッチンの窓から見えたものの、あまり交流する機会もない。窓から毎朝見かける隣人は中肉中背で右手に杖を持ち、少し緩やかな坂になっている我が家の前を共同ポストへ向かってゆっくり歩いていく。杖のせいか歩いている間は背は少し丸まっていたものの、まだ背筋もしゃんと伸びているしっかりした印象を受けた。

週に一度、五十代の息子さんが訪ねてきており、こちらとはたびたび前庭やごみ収集所で顔を合わせた。一人暮らしでお困りだろうと手伝えることがあったらいってくださいね、といっておいたけれど、どうも助けはそんなに必要なさそうだ。

というのも食事は週に二度、宅配サービスで届けられる。冷凍されているお弁当のようなミールセットで温めるだけで食べられるようだ。掃除も定期的にクリーナーがやってくる。これらは足が不自由になったときに国や自治体から受けられるサポートで個人の負担はない。

落ち葉や雪の掃除は、ここ一体のテラスハウス数軒で組んだ自治体が雇っているメンテナンス会社の仕事だ。戸々のドアの前までは掃除してくれないけれど、公道から家々をつなぐ通路やごみ収集所、共同ポストのある通りは彼らが掃除してくれる。お年寄りの一人暮らしでも不自由なくやっていける仕組みがあるのだと感心した。

そうこうしているうちに季節は秋から冬になり、クリスマスがやってきて年が明けた。我が家は旅行で数週間、数か月と連続で留守にすることが多かった。

テラスハウスといえば空き巣に入られる可能性がマンションより高くなる。庭から侵入すれば窓一枚割ればいいだけだし、庭の手入れ具合で留守かどうかもわかりやすい。

我が家もそれを危惧《きぐ》してセコムのようなセキュリティシステムは導入していたけれど、旅行に飛び回っていた季節はちょうど冬。雪が降って裏庭や前庭の雪かきがされていないと一目で留守にしているとわかる。

たまたま旅行の合間に帰ったときに雪がたっぷり積もっていたので、我が家と隣の家の扉の前まで夫がまとめて雪かきをした。といっても距離にして十メートル、幅二メートル程度だ。

隣人の息子さんは雪が降ると車で一時間の距離をやってきていつもこの雪かきをしていたようだ。娘さんも同じく一時間ほどの距離に住んでおりたまに訪ねてはくるけれど雪のたびに来るのは大変だ。この程度ならうちがしますよ、と引き受けたらとても感謝された。

そして、短い春が過ぎて夏になった。

歩き始めた子を庭のテラスで、前庭で、自治体共有の遊び場や芝生で、遊ばせることがぐんと増えた。行きたいように我が道を行く我が子を止め、子に暴れられたり泣かれたりすることも多く、きっと騒がしかったと思う。

テラスハウスの共同スペースには住民それぞれが持っている小さな畑と、その横にシーツやマットなど大型の洗濯物を干せる物干しスペースがあった。

ある天気のいい日、うちの畑になっている無数のベリーを、よちよち歩きの子供と共に収穫の大義名分のもと盛大なつまみ食いを家族総出でしていると、隣人が娘さんに連れられて洗濯スペースにやってきた。洗濯ものついでに日向ぼっこを、ということなのだろう。

改めて隣のおじいさんと顔を合わせるのは私にとって初めてだったので、いつも騒がしくてすみません、と我ながら日本人らしいなぁと思ってしまう挨拶をした。おじいさんとの距離は芝生をはさんで五メートルほど。そういえば耳が遠いんだっけ、と思い出したもののもう遅い。

しかしおじいさんは意外にもしっかりした答えで笑みを浮かべながら、

「いや、まったく気にならないよ。子供が音を立てるのは普通のことだ。どうせよく聞こえないしね」

といってくれた。その声のボリュームも耳の聞こえない人にありがちな張るようなものでなく、おや、と思った。その後夫と娘さんも交えて世間話をするも、普通に聞こえている様子で聞き返すようなこともない。

となると前住人情報の、および本人がいうところの、耳がよく聞こえないというのは嘘だったのだ。ただ単に子の立てる騒音に寛大な人ということらしい。

その後我が家に第二子もやってきて騒がしさは何倍にもなったけれど、顔を合わせたときにおめでとうといわれた以外は騒音に対して何も言及されず、隣人とはいい関係を築いてきた。夏におじいさんが誤って転んでしまったときは娘さんが付き添っていて女性の力では起こせず夫が呼ばれ介抱を手伝った。夜中におじいさんがトイレに立った際転んでしまって起き上がれなくなったときなどは、壁越しにセントラルヒーティングの金属をがんがん叩く音が聞こえてきて、実のお子さんやレスキュー隊よりも近い夫が何度か助けに入った。合鍵の場所もご家族の連絡先もすっかり把握していた。

夫の父、私から見た義父も若い頃のけがの後遺症で足が悪く杖をついている。同じように私たち家族からは遠くに住んでおり、万が一何かあってもすぐに助けには行けない。その代わりにというわけではないけれど、物理的に近い私たちが隣人を手助けするのは当然のことだと思った。むしろぜひ助けさせてほしいし、義父にも同じように助けてくれる隣人がいることを願う。

さらに隣のおじいさんの場合は、ご家族もできる限りのことはしており、本人も自治体のサービスを活用するなど自立した生活を送っている。万が一のためにセキュリティ会社に直接連絡が行く腕時計型のデバイスも身につけており、はなから隣人である我が家を頼る予定ではないのも知っている。その上でまだできることがあるならたとえ多少寝不足になろうとも喜んで手伝おう。

しかし夫がそうやって助けに入る日が頻繁《ひんぱん》に続いた年、ついに隣人は入院してしまった。軽いアルツハイマーも発症しており、隣家に戻ってくることはないだろう、とお子さんから連絡をもらった。おりしも私たち一家がより広い次の住まいへの引っ越しを決めた直後のことだった。この後はどうするか。フィンランドでは通常、老人介護施設に入り、子供たちと同居するケースは少ない。

誰もが、本人もができる限りのことはした後での決断だったので悔いはなさそうだ。私が将来一人老いることを想像するたびに、この隣のおじいさんの生活が理想としていつも頭に思い浮かぶ。

第2章

ととのわない楽しみ

サウナでととのわないフィンランド人

私がヘルシンキで二番目に住んだ家にはサウナがあった。それまでのマンションにはシフト制で使える住人共用のサウナがあったけれど、今度はプライベート。シャワーの横に小さいながらも立派なサウナがあり、電気式で情緒《じょうちょ》はないけれどスイッチをひねるとすぐに温まれる。たいして大きくもない物件で、一人もしくはせいぜい二人向けの平屋集合住宅だったのでサウナがあるのはレア、ちょっとした自慢でもあったし売るときにプラス要素となって働いた。

しかしそのサウナ、実はほとんど物置にしていたのは秘密である。

外の物置には置いておけないテントやアウトドアグッズ、チャイルドシートなど、外気温が氷点下になる冬はさらに荷物が増えていった。

というわけでサウナをしようと思うとまずそれらを動かさなければならない。

一つ一つ、リビングの隅に移して、サウナが空っぽになったかしっかり懐中電灯で照らして点検して、それから温める、というのはなかなかに骨が折れる作業であった。

よって人生初の個人所有サウナはいつも、サウナの中ではくつろげたとしても涼みにリビングに出てくるとリビングの隅に積まれた物が視界に入ってごちゃっとした思い出しかない。

というのは前置きで。

最近日本でサウナがブームだという。いや、ブームなんてものじゃない。日本人は日本人特有のオタク気質もとい探究心と温泉銭湯文化とをもって、独自のサウナをどんどん生み出している。サウナの生まれ故郷フィンランドでも決して出てこなかったようなアイデアにあふれたそれらに、フィンランド人もうらやましがっているぐらいである。

しかしちょっと気になったことがある。「ととのう」ってなんだ。

サウナで日本人が、湯船に浸かる昭和人ごとく「あー、ととのうぅぅ」と唸ったり、水風呂とサウナを繰り返して悟ったような顔で「うむ……ととのった」とつぶやいてみたり。そういうものを見かける機会が多くなった。

いや、いいんだよ、日本では日本なりのサウナの楽しみ方を見つけるのは素敵なことだと思うよ。でも一言だけいわせてほしい。

フィンランド人はサウナでととのったりなんかしない。絶対に、だ。

サウナのお作法を説くと本一冊ぐらいになってしまうのでそれは専門家にお任せするとして、簡単に一般的なサウナの入り方をおさらいしよう。

まず服を脱ぐ。男女混浴なら水着着用。このとき注意が必要なのは「水着を着用してもいい」となっているか「水着必須」かの違いだ。本来サウナは体を清める場所であるから銭湯と同じく裸で入るものなのだけれど、公共で「水着を着用してもいい」となっていたらつまり丸裸になってもいいということだ。混浴でもない話ではない。うっかり入ってびっくりしないように注意が必要だ。

そして体を洗う。シャワーがついているので念入りに洗う。

それからサウナに入る。お尻の下に持参したタオルや使い捨てのペーパータオルみたいなのを敷いている人がいるのは他人の汗の上に座らないようにという工夫だ。専用に売られているものもあるけれど衛生面で持ち込み禁止のところもある。

それからサウナストーンに水をかけロウリュをする。一緒に入っている人がいたら「かけてもいいですか」と聞くのがマナーだ。水を張ったバケツが近くになければ近くにいる人にお願いしてかけてもらう。水をかけて蒸気が発生している間、じゅうじゅうと音がする。この音が鳴っているうちはドアの開閉はなるべく避ける。暑いな、と思っても音が止んでから出るように。

またサウナ内でのおしゃべりも、大声ではしない。友人同士でもぼそぼそと話をする。他人同士で会話が生まれることもある。でもフィンランドの公共サウナにおいては大抵ぺちゃくちゃと話すことはよしとされておらず、ロウリュの音が響くばかりだ。

もしかしたらこの静けさがととのうという言葉を生んだ原因ではないかと今ひらめいた。確かに何か悟りたくなる。

しかし、充分に温まってサウナの外に出たらどうするか?

涼む。具体的にはタオルを巻いて外に出る。雪にダイブする。凍った湖に穴を開けてまで用意してくれた寒中水泳にいそしむ。冬じゃなくても海や湖ははっきりいってかなり冷たい。水風呂代わりだ。

これら熱いのと冷たいのを体に浴びさせてその温度差でぐわっと目が見開かれ人生も切り開かれてしまうような気持ち、自分はサウナに入る前とは別物に生まれ変わったんだと錯覚する気持ちはわからなくもない。

でもこれをやっているフィンランド人たちがなんでそこまでできるのかというと、たいがいはアルコールが入っているからだと断言できる。つまり酔っ払っているだけ。

フィンランド人のアルコール問題については折に触れて書いてきた。

嘘だと思うなら、例えばヘルシンキ最古のサウナに行ってみるといい。ここはガイドブックの表紙絵にもなっているほど有名な観光地ではあるけれど地元の人ももちろん来るサウナで、タオル一丁の体から湯気を立ち上らせている猛《も》者《さ》たちが入り口、つまり路上で涼んでいる。その半裸の戦士たちは間違いなくビールやロングドリンクの缶を手にしているだろう。さらに受付に進むと持参したビールなどドリンクを冷やしておける冷蔵庫までご丁寧にある。伝統あるサウナなのに、いや、伝統あるからこそ呑んだくれ道まっしぐらだ。フィンランドの水道水は軟水でみんながぶ飲みしているけれどサウナで喉が渇いたら水なんかで潤しておけるかという心意気さえ感じる。

またサマーコテージ付きのサウナなんかも顕著で、サウナ、ドリンク、湖がセットになって何往復もする。他にやることがないからここぞとばかりに飲む。アルコールの問題が多いばかりにアルコール自体の市民権がとても低いフィンランドだけれど、サウナのときの数杯は例外らしくサウナドリンク、などと呼ばれお咎《とが》めもされにくい。よってととのうどころか乱れる者続出だ。

もちろん静かなサウナでカップル間や親子間で大事な話をするというようなシーンも創作の中ではよく描かれているけれど、特筆されているということは非日常なのだ。割合でいったらととのっていない、乱れている、もしくはできあがっている方がよっぽど多い。

ちなみにアルコールを嗜《たしな》まない人たちが水風呂代わりの湖に飛び込んだりしている場合はどうなのかというと、そこは冷静に考えてみてほしい。せっかく温まった後に体を冷やすなんてそもそも正気の沙汰《さた》か。私はそうは思わない。

冷たい水に入った瞬間に、きゃあとかわあとかくうとか、絶対何かしら歓声を上げている時点で心拍数は上がっているだろうし、逆に静かに泳ぎ続けられる人の脳内がととのっているとは果たしていえるだろうか。それはもう、寒いを超えて向こう側に行ってしまっている人たちなのだと思う。

なので皆さん、フィンランド人がやっているからとかととのうからという理由で水風呂や湖に飛び込む必要はまったくない。なんなら毎年夏至祭にはこの酔っ払いによる飛び込みで死人も続出している。まったくの個人的な意見だけれどサウナを出てああいい汗かいた、ビール飲もう、で終わっていいと思う。

証拠に個人宅でのサウナはパーティーでもない限り、サウナに入って、リビングや庭やバルコニーで涼んで、ロングドリンクやビールを飲んで、を二、三回繰り返して終わる。そこには体を冷やす罰ゲーム的要素も試練もなくまったりと時間が流れる。

ロングドリンクはグレープフルーツジュースとジンとソーダを合わせた発泡性アルコールドリンクだけれど味のバリエーションもいろいろありまるでチ

ューハイのようだ。甘くて苦いしゅわしゅわした飲み物はビールと並んでサウナ後にぴったりの爽快感で、ただ酔っぱらうためのウォッカに比べて罪悪感も少ない。

というわけでフィンランドではだれもととのおうなんて高尚な志はなくほんのりほろ酔いのテンションでサウナに臨んでいるのである。

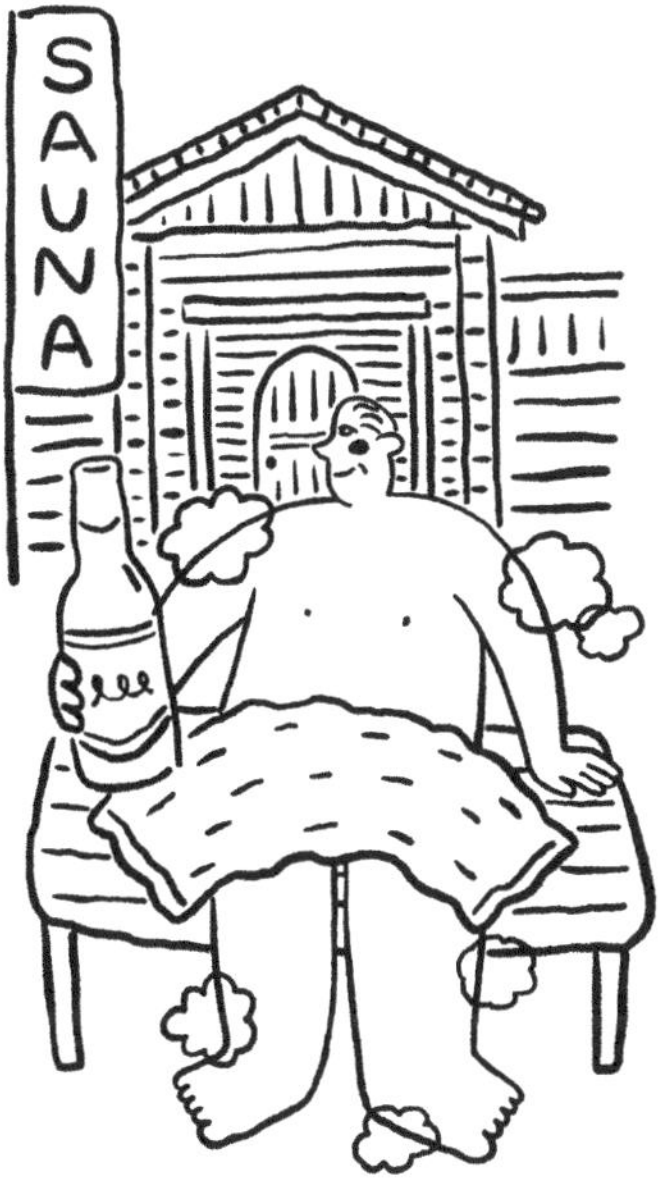

通勤バスは今日も平常運転

朝七時、自宅最寄りのバス停より通勤バスに乗り込む。フルタイムの会社員という立場ではあるけれど会社に顔を出すのは週に一度ぐらい、気が向いたときや会議が多めの日に出向くようにしている。今日は後者。

自宅のあるヘルシンキの端から郊外にある会社へ行くには路線バスで直行四十五分。郊外からヘルシンキ市内へと向かう通勤の流れに逆行しているのでたいして混まないのが救いだ。

バスに乗るのが七時半頃になるとこの路線はそこそこ混む。といっても座席がすべて埋まっていて通路に立っている人がいる、という程度。それも近くの鉄道駅を通ると大半の客は降り混雑も解消されるので苦痛というほどではない。

しかし赤の他人が息のかかる位置に来るというのはフィンランドで暮らしてい

るとなかなか我慢ならないので、早めのバスに乗りゆったりと座って通勤時間を楽しむことにしている。

そうしてめでたく座れたバスの中では、イヤホンを耳にねじ込んで外の音を遮断する。いつもなら音楽を聴いて考え事に没頭するのだけれど、今日は朝一で英語でたくさん話さなければならない会議があるのでイギリスのラジオを適当にかけて発音のチューニングを図る。フィンランドで暮らし家庭でも英語を話しているとどうしても、フィンランドアクセントの英語をしゃべってしまいがちで、私にはときどきこういう作業が必要になってくる。

バスはそうしている間にも客を降ろしたり乗せたりしてヘルシンキのふちを縫うように抜けていく。今日の運転手の運転は荒い。むしろ運転が丁寧な路線バスに当たる可能性は限りなく低いのでこれが通常だ。

客が座るまで発車しないなんて優しさも運航計画もはなからなく、客が乗り込んだらさっさと発車するし、ベビーカー用のスペースがあるのはありがたいけどベビーカーの車輪ロックをする前に走り出すのはざらだし、なんなら今日の運転手は停車後、バス中ほどにある降車ドアが完全に締まる前に発車した。

停車の仕方も荒く止まるたびにつんのめりそうになる。これだからバスは……といつも通りにうんざりし、数か月後に引っ越してこのバス通勤から解放される日までの日数を指折り数え始める。

バスの降車ドアより後部の席は階段二段分高くなっており、車内がよく見渡せる。二人席の窓側に腰かけざっと乗客数を数えてみると二十人弱。年の頃は二十代から五十代まで。多くは鉄道駅で電車や他のバスに乗り換えるので、八時前に市の中心部のオフィスに着く務め人だろう。だというのにスーツ姿は一人もいないのがフィンランドらしいところだ。

四月なのでコートやジャケットに隠れてはいるが、下はデニムやコットンパンツ、女性なら黒タイツかレギンスだし、上に羽織っているものもパーカージャケットやフード付きパーカーなどとてもオフィス用とはいえない格好の人ばかりだ。足元はもれなくショートブーツやスニーカー。

市の中心部に行けば営業職や銀行員、不動産屋などスーツ姿の人をたまに見かけることはあっても、この郊外を走る路線でスーツ姿を見かけたなら葬式か宗教の勧誘だと私は思うだろう。

そのぐらいスーツやかしこまった格好の人は見かけず、会社というよりはそのまま森に行く人たちに見えてくる。いや、実際みんな家から森や雑木林の近道を抜けてバス停まで出てきているのだ。雪が溶けてぬかるんだところを革靴やヒールで歩くのは賢明ではないだろう。

最近通勤に使える背負い鞄を探しているので人々のバッグにばかり目がいってしまうが、ここでもオフィス用には見えないリュック率の多さに驚く。絶対に遭遇するのがキツネマークが日本でも人気のカンケンバッグで、他にもアウトドアブランドのバックパックを背負っている人の多いこと。

わかる。PCを運んでいたらリュックの方が断然楽だし軽いし、バスで万が一座れないことを考えたら賢明な判断だと思う。

しかし、これまでのシティライフでリュックを背負って通勤したことのない人間には、この「通勤用なんてどうでもいいからアウトドアショップ行って手軽なバックパックを買えばいいじゃない」という風潮は、とても苦戦する。

楽なのはわかるけれどそれを持って例えばパートナー会社とか取引先での打ち合わせに行けるか？　こっちではみんなそうしているけど、私には無理。なんでこういい感じのごつくなくてレザー製のそこそこおしゃれな、欲をいうとショルダーバッグにも変形するようなリュックが存在しないのだろう。と通勤鞄探しは難航している。

話は戻してバスの車内。朝早い時間帯のときはましだが、帰りのバスとなると車内で電話する人の多いこと。バスに限らず全公共交通機関、通話をしていない人を見ないことはない。ビデオ通話する人もいる。

もちろんこれは、車内での通話は控えましょうなどという文化がまったくないからなのだが、自分の前の席の人がいきなりインカメラで故郷の家族(なぜか移民に多い傾向にある)とビデオ通話し始めてその画面の端っこに映りこんでしまった居心地の悪さといったらない。

通話はしなくともスマホをいじっている人が多いのはどこの国でも一緒だ。しかしバスは前述の通り運転が荒いので、そのせいか窓の外をぼうっと見ている人も比較的多い。ひたすら郊外を走っているので鉄道駅を過ぎると住宅街、森、空き地、と特筆すべきものもないのだが私も窓の外を見る。

住宅街はマンションやアパートなら四角く、一戸建ても規則正しく並んでいて面白みがないけれど、朝は保育園や学校に向かう子供たちをよく見かけるのではほえましい。遠方の保育園まで送っていくのかベビーカーでバスに乗り込んでくる親も頻繁にいる。バスの中には最大三台のベビーカーが停められるスペースがあり、通勤客に紛れて小さな子供がいるのはごく普通の光景である。

森の近くを通ると雪の解け具合、木々の芽吹き具合などで季節を感じずにはいられない。リスややたら大きい野ウサギなど野生動物を見かけることもざらだし、途中乗馬道の横を通るので、馬に乗った人を見かけることもたまにある。

朝から田舎道をぱかぱかと馬に乗って行く人を見かけると、自分が住んでいるのが首都だということを本気で忘れて、田舎に越してきてよかったなぁなどとまだ覚め切っていない寝ぼけた頭でついのんびりした気分に浸ってしまう。ヘルシンキという都会的な響きの名前と裏腹にこの自分の見ている景色の和やかなことよ。頭が混乱するのも無理はない。

そんな何もない風景を抜けるとバスは郊外の新興住宅街へと入っていく。竣《しゅん》工《こう》して間もないマンションが立ち並ぶ真新しい街。そこでもときめくような建物はなく、ただただ四角い箱が並んでいるだけだ。ヘルシンキに限らずフィンランドの新しい住宅というのは、よっぽど有名な建築家が作ったとかの「目玉商品」でない限りたいていこうだ。移住したての頃はデザインや建築家で有名な国なのに、とたいそう失望した。今もだ。なんでもっと造形美を追求しないのだろう、と、今年建てられても三十年前に建てられても設備はともかく四角い形に変わりない高層住宅を見てがっかりする。

しかしそんな住宅街で降りていく人はみな穏やかだ。バスを降りるときに運転手に向かって「キートス（ありがとう）！」と声を張り上げる人もいる。これはフィンランドでたまに見かける、バス特有の素敵な習慣だと思う。電車にはない。トラムにも地下鉄にもない。

私も普段のバスの運転が荒いからこそ、丁寧な運転手に当たると礼を言うようになった。

バスに響くキートスは他の乗客をも元気にする。

ちぐはぐな健康管理

ジムでお金を払って汗を流すことに喜びを見いだせないタイプの人間である私にはあまり縁のない話だが、そういえばこの国には運動したい人に優しいシステムがたくさんある。

とある年、夫がジムに行くといい出した。彼の場合今までの人生でも何度か会員制のジムに通ったことがあるので別に大きな決断ではないのだが、今回はもっとお手軽に会社に行くのだという。

夫の勤める会社の本社、自社ビルには地下にジムがありランニングマシン、フィットネスバイク、プレスマシン各種はもちろんのこと、汗を流す場所にサウナありで、シャワー・サウナ完備。社員は無料で利用できる。

私だったら同僚と会うかもしれない場所で汗などかきたくはないけれど、そう考える人も多いらしく、そのジムは比較的すいているのだそうだ。

ちなみにジムとまでいかなくてもシャワー完備の会社は比較的多い。自転車で通勤して汗をかいてもシャワーで汗を流し、仕事用の服に着替え、すっきりと仕事を始められるというのはなんともうらやましい限りである。

夫の会社やその業界は企業規模が大きいので恵まれた階層のみの話かと思いきや、私の現在働いている小規模な企業にもシャワー室はあり、好きなときに内鍵をかけて使えるようになっている。

しかし会社で汗をかきたくない人はどうするか。そんな人にも救済措置がたくさん用意されているのがフィンランドである。

友人の住むマンションにはやはり地下に住民共有のサウナとちょっとしたジムがあり、シフト制のサウナに対してジムはいつでも使い放題である。一面ミラーの壁に、各種トレーニング器具やウェイトがあり、いつでも自宅から階下に降りて行って運動ができるという環境は特段運動好きでなくてもうらやましい。

街中にもジムはいくらでもある。お金を払えば誰でも通えるのは日本と同じ。そのジムの代金が、会社の福利厚生によって賄《まかな》われるというのもよく聞く話だ。私の会社では各種ジムやスポーツセンター、スイミングプールなどで使えるクーポンを任意でもらえるようになっている。友人の勤める会社では年間に百ユーロ分などと自分で決めてチャージしジムなどの運動に使えるカードがあり、その七割を会社が負担してくれる。

また会社に属さなくても公共の公園の中には屋外にちょっとした筋トレができる器具があるところがあり、誰でも無料で利用できる。散歩のついでに通りがかったらちょっとトレーニング、というわけだ。

前に住んでいた家はヘルシンキのかなりはずれの森の中であったけれど、徒歩十五分圏内にそういった公園が三園はあり、運動にいそしむ人でにぎわっていた。たいてい子供向けの公園と隣り合わせになっていて、子供を遊ばせながら自分もトレーニングができたりする。犬の散歩の途中で立ち寄る人もいる。

屋外に卓球台が設置されている公園も多く、一年の半分ぐらいは雪で覆われているのに……と、こちらはいつもすいていることからも税金の残念な使い道に思えて仕方がないのだけれど、ラケットとボールがあれば気軽にひと汗かけるってわけだ。ここまで運動する設備がととのっていると、「運動？　しませんけど」と堂々と公言するのははばかられる。

ジム設備だけではない。冬は「雪で運動できないもんね」なんていい訳させないぞといわんばかりに、雪が積もると森や歩道脇にスキートラックが整備され、これまた誰でもクロスカントリースキーが楽しめるようになるのだ。これには積極的な運動好きでない私も心が揺れ動いている。

だって、いくら除雪されていようとどうしても足を取られながらゆっくり歩きがちになる脇を、スキー板をはめただけの軽装の人々がすいーっとスピードをつけていくのだ。そんなの気持ちいいに違いない。ただスーパーに買い物に行くだけでもスキー板があったらどんなに楽になることか。

これまでは家の倉庫が狭くてなかなか踏み切れなかったけれど、今度の冬こそはスキー板を手に入れて挑戦しようと思う、そのぐらい魅力的な移動手段、いや、スポーツである。

近所に住む八十代の女性はこのスキートラックを毎年楽しみにしてシーズン

になると毎日数キロは滑るのだそうだ。一人暮らしなのにお肌はつやつや、若さの秘訣《ひけつ》は、と聞いたときにそう教えてくれた。

また別の親戚の七十代の女性は市民講座で開かれるシニア向けのピラティスに通っている。これも市民講座であるから格安で受けられ、一回一時間のクラスが三ユーロ程度。市民講座には他にもヨガやダンス、球技などあらゆるコースがそろっている。

しかしこう書き連ねていて気が付いた。こんなに運動の機会が与えられているなんて恵まれている、と今まで思っていたけれど、その実はお膳立てされているのだ、と。

この国では不健康になるのも簡単だ。なんせ寒いし、暗い冬の日に家の中でできる憂さ晴らしは飲酒かクリスマスのだいぶ前からシーズン用品として出回るチョコレートの箱食いときている。

今でも街中で回りを見渡せば、失礼ながら消費カロリーと摂取カロリーのバランスが取れていない方々は簡単に見つかる。そのカロリー源はアルコール、ピザやフライドポテトなどの安くてインスタントな食事、バターたっぷりの甘い菓子パンや前述のチョコレートだろう。

そんな状況を危惧して一九七〇年代以降、政府がスポーツセンターや自転車専用レーンなどを整備した結果、その恩恵を今私たちが受けているのである。

確かに運動へのハードルは勤務時間が長くないこともあって、日本よりも低い。経済的負担が少ないのでやってみて続かなかったらやめればいいやという気軽さで挑戦することができるのも利点の一つだといえる。思い立ったときにだけやっても損をしないという仕組みも。

そういえば子供の習い事も、日本では「石の上にも三年」なんて言葉もあり長く継続することに重点を置きがちだけれど、フィンランドでは気軽に試してはやめ、を繰り返し合ったものを見つけるのが主流だという。そのためのいろいろなスポーツを体験できるコースなんていうものも用意されている。そんな気軽さでいろいろなことに挑戦できるからこそ、仕事も合わなかったら即転職、というフットワークの軽さが生まれるのかもしれない。

いや、しかしだ。

トレーニング嫌いの非甘党としてはジムへのハードルを下げるよりもバター

たっぷり砂糖たっぷりの甘いパンやパイを控えた方が効率がいいのではと思ってしまうのだけれど……その境地に行きつく人はまだあまりいないようである。

登場しないコテージ主人

日本の友人家族が子連れで夏にフィンランドに遊びに来た際、フィンランドの田舎まで連れていった。

ヘルシンキの観光はよっぽど歴史や建築物などに興味がない限り二、三日で終わってしまう。そうするとトゥルクやタンペレなどの地方都市、ヘルシンキから行けるポルヴォーやフィスカルスなどの近郊都市、それからサマーコテージ体験を盛り込まないとフィンランド何もなくない……？　と物足りなさを抱えたままお客様を帰すようなことになりかねない。

フィンランドでは富裕層でなくても「持っている人は多い」とされるサマーコテージを我が家では旅好きすぎて一か所にとどまりたくないと所有していないため、こういう機会には知り合いのコテージに遊びに行かせてもらったり、ネットで大手予約サイトには出ていない貸しコテージを予約したりする。

このときも夫がフィンランド語のみのコテージ情報サイトから、フィンランド南東部の別荘地として人気の湖水地方にあるコテージを見つけてきた。ちょうどその近くの地方都市で観光する予定があり、田舎道からさらに砂利道《じゃりみち》に入って人知れず道を行くような場所にある、いい換えれば「知らないと誰も来ない」コテージに泊まるのにうってつけだった。

そんなコテージへのチェックイン方法は事前には知らされておらず、「着いたら電話してね」とのことだった。オーナーが近くに住んでいるとか何かで鍵を持ってきてくれるのだろうと思っていたら、いざ電話してみると「あ、玄関マットの下に鍵あるから！」となんとも不用心な答えだった。

実はコテージに限らずこういう不用心さはフィンランドではよくある。今はもう引っ越してしまったので書けるが、隣の一人暮らしのお年寄りも玄関マットの下に鍵を忍ばせていて、いざ何かあったときに誰でも入ってこられるようにしてあった（そして実際数回倒れたときは我が家やレスキュー隊がその鍵を活用していた）。田舎だと鍵をかける習慣さえないと聞くし、その他にも大きな植木鉢の下に鍵を隠している家庭も何軒か知っている。

ともかく無事にコテージに入った。

フィンランドのサマーコテージに欠かせない水辺（湖）、サウナ、暖炉、外のバーベキューグリル、丸太ロッジ風のインテリア、そのすべてを備えている完璧な環境だった。

部屋は一階のリビングとキッチンが吹き抜けで、一階に寝室一部屋、それから二階ロフトにダブルベッドとベビーベッドまで用意されていた。サウナは部屋の中からアクセスできるし、そのまま外に通じる勝手口もついている。外に出れば木製の足場が傾斜の中、湖畔まで伸び、はだしで飛び出して行ってサウナでほてった体を湖で冷やすことができる。完璧なロケーション、完璧な設備。

サウナを温めている間にフィンランド人大好きなサマーコテージのお供、おおぶりなソーセージ（マッカラ）をサウナストーブの上で、ピザを備え付けのオーブンでそれぞれ焼いた。どちらも途中のスーパーで買ってきたものだ。

二〇一七年、フィンランドが独立百周年を迎えた年、国民食を決めようとある機関がネットで投票を募っていたことがある。伝統的なえんどう豆のスープやライ麦パンに並んでその候補にあったのはなんとピザだった。

それを最初に見つけたときは冗談かと思った。ピザで有名なのはこんな寒い国ではなくイタリアだ。しかしあながち冗談ともいえないのは、フィンランドの大型スーパーマーケットに行くと冷凍ピザが一列まるまる並んでいたりする。通常サイズのスーパーでもひと棚全部ピザ、というのは珍しくない。

安いもので一枚三ユーロ以下のものもありお財布に優しく、買ってきてオーブンに入れるだけの気軽さは忙しいフィンランドでは人気なのだろう。

生地だけ買ってきて自分でトッピングをアレンジする半ホームメイドピザもあり、子供がいる家庭でも重宝されている。例の投票結果ではさすがに一位にならなかったものの、それを考えると他の伝統食よりよっぽど定期的に食べられているのかもしれない。

というわけでコテージの慣れないキッチンには最適の軽食として、冷凍ピザとマッカラをほおばり、一応栄養バランスを気にしてできあいのキノコサラダとビーツサラダを添え、ビールで流し込めば、フィンランド流おもてなしの完成である。

本来ならここにバーベキューも加えるのが筋だろうけど、小雨が降っていたのと夜も遅い時間だったのでやめておいた。しかしチェックインの電話の際に宿主が「あ、バーベキューする？　もちろんするよね。薪《まき》も焚《た》きつけ用の燃料も置いておいたよ」とご丁寧にも準備済だった。

夜は楽しく更けていった。サウナに何度も入り、湖にも入り（私は入らなかったがサウナとセットでコースに盛り込まれているかのような顔をして日本人の友人たちを湖に行かせた。フィンランド人がよくやる悪趣味なおもてなしの一つである。これがフィンランド人が「ととのう」を大事にしていると誤解されるゆえんだが、実際は彼らが悲鳴を上げるのを見て、もしくは自分たちも悲鳴を上げて楽しんでいるだけである。ビールも入っているのでテンションは高い）、お腹もいっぱいになってロッジ風の部屋で寝た。

翌朝起きると夜の間に降った小雨が湖の上に神秘的な靄《もや》をかぶせ、あたり一帯薄墨色に包まれていた。晴れた日の湖畔の木々を見事に映す鏡のような湖も美しいけれど、こんな静寂の風景も趣きがあり、友人たちとその風景を写真に収めようと湖畔に出て行った。すると、遠くで魚が跳ねた。ぽちゃん、と音があたり一面にこだまする。何か釣れるのかな、と釣り好きの友人が興味津々に眺めていた。

朝食を食べていると宿主から夫宛てにメッセージが入った。

「コテージの外に釣り道具と餌《えさ》を置いておいたよ。うまくいけばマスが釣れるよ！」

エスパーかと思うような絶妙のタイミングに驚いてドアの外を見ると、さっきまではなかった釣り竿とふた付きのバケツが置かれていた。朝寝を思う存分むさぼったためチェックアウトの時刻とされる十二時までは小一時間ほどしかなかったけど、宿主はそんなのも見抜き、「ま、今夜は予約も入っていないしゆっくりしていきなよ」とまでいってくれた。

その後夫がチェックアウトの連絡を兼ねてお礼の電話をすると、フィンランドでも比較的珍しい夫の苗字を宿主の男性は聞き覚えがあるといい、夫の親戚と知り合いだと判明した。そして思い出話や親戚の近況話で話し込み、釣り竿に対するお礼にも「すぐ近くに住んでいるからついでに寄っただけだよ」といってくれたようだけれど、最後まで宿主は姿を見せずじまいだった。チェックアウト方法はもちろん、部屋内を軽く掃除したらドアに鍵をかけてドアマットに鍵を隠すだけである。

フィンランド人がシャイと聞くとそれまでなかなかしっくりこなかったけれど、それ以来あれこれ世話を焼きながらこちらの休暇を邪魔しないように気を遣い、押しつけがましいことなく姿を消すこの宿主のことを思い出すようになった。

男子会と女子会

我が夫の夜遊びはとても健全だ。

結婚前からカップル単位でお呼ばれする文化のフィンランドでは、友達と会うというとダブルデートやトリプルデートになりがちだ。外食は高いのでいちいちレストランに行ってはおられず家に招いたり招かれたりも多い。子供ができるとなおさら遅い時間の外出はままならず、いやおうなく家族ぐるみでの付き合いになっていく。子持ちにはありがたいけど独り者にはちょっぴり肩身が狭い文化だ。

それでもたまに、夫は男友達と一対一で会う機会がある。

一番多い相手はバツイチのシングルファザーで、半年に一度ぐらいふと電話がかかってきて誘いがかかる。頻繁ではないので私もさして気にせず、いいじゃん飲みに行ってきなよ、と送り出そうとする。相手も夫も普段はアルコールを控えてはいるが飲めばザルなのを知っており、どうせなら男同士バーにでも行ってくれればいいじゃん、と。

しかしその友達の誘い文句はいつも「サウナ入りに来る?」だ。マンション共有のサウナが屋上についており、彼の子供が家にいない週(元奥さんと週交代で子供を預かっている)、そのサウナシフトに合わせておいでよ、と。

これが恋愛関係ならば誘われた方は思わずドキッとして全身ぴかぴかで臨まなければならない大イベントだろうけど、友人同士、もっというと中年の男同士だ。サウナに入ろうというのはつまるところ家飲みしようぜ、というニュアンスらしい。店でビールを買ってきて、安いピザでもつまみながら語ろうぜ、と。

男同士でサウナに入って、夜遅くまで何語るの? 子育て? 政治? と一度本当に疑問に思って聞いてみたところ、その友人の場合はたいてい恋愛関係らしい。

シングルファザーでもしっかり恋愛はしている。しかしどういうわけかうまくいかなくなってたびたび別れる。夫に誘いがかかるのはそんなタイミングだ。そして一緒にビールをあおりながら夫は延々と恋バナを聞かされるのだそうだ。酒が進む。遅くなって帰ってくる。そういうことらしい。

傷心の大人がサウナで恋愛を語るなんてちょっとほほえましいが夫も詳細はいわないし私もその友人と会ってもひたすら知らないふりを努めている。

この友人以外にも、自宅のサウナに誘ってくる人は意外と多い。

話は少し逸《そ》れるけれど、小学生の頃通っていた習い事の先生がたまに家に招いてお夕飯をふるまってくれた。関西での出来事でご自宅には先生自慢の鉄板埋め込み型の食卓があり、メニューはいつも決まってお好み焼きだったのだけれど、そのお誘いが数か月に一度はくる。美味しいので他の生徒と連れ立って喜んで行く。

そしてお夕飯を食べ終わると同居していた先生のご両親がにこにこと「お風呂入っていく?」と聞くのが常だった。

そのお宅のお風呂場には特別に作ってもらったという富士山を模した銭湯さ

ながらのタイル絵があり、自慢だったのだろう。しかし子供の頃の私はよそのお宅へ行って泊まるわけでもないのにお風呂に入るという意味がわからず、いつも断っていた。大人になってからもその意味はなかなかわからなかった。しかし、フィンランドに来た今ならわかる。かつて風呂が家にあるというのは特別なことで、それをふるまうのが最上級のおもてなしだったのだろう。

フィンランドのサウナもまさにそれだ。

友達一家の家にご飯を食べに行って、「ついでにサウナ入っていく？」と聞かれることもある。うちにもサウナはあるけれど、彼らのサウナはうちよりも広かったり、マンション住民共有のもので屋上にあったり、二階のバルコニーで涼めたりと、何か一味違っている。そういうときにお誘いがよくかかる。

我が家でホームパーティーをする際も同じだ。特別広いわけでもないなんてことはない古いサウナだけれど、普段物置になっているのを片付けていつでも使える状態にしておく。お腹いっぱい食べた後はサウナで汗を流してさっぱりしていく客もよくいる。その間にこちらもキッチンの片付けをしてデザートの用意ができるといった具合に組み込まれている場合も多い。

誘われたからってもちろん入らなくたっていい。しっかりメイクしていった日は入るのが億劫《おっくう》だし、汗を流したからって着替えがあるわけではないし、私も最初は断りがちだった。しかしそのうち「今日はサウナに誘われるかもな」とわかっている日は軽く準備するようになっていった。眉はティント、アイメイクは避け、ご飯を食べに行くのに替えの下着もひっそりとバッグに忍ばせていく。

そうやって少し勇気を出して、「あ、じゃあサウナいただきます」と答えると今度はシフトの相談になる。男女別で入るのか、カップルごとに入るのか、だ。男女別になると今までさして親しくもなかった夫の友人の奥さんと裸になるという図ができあがりもする。

いやわかってる、変だと思う。変てこな絵面だけど、羞恥心《しゅうちしん》はなぜかわかない。女同士でお互いのカップルの馴《な》れ初《そ》めを語り合ったり愚痴を披露したりするとサウナを出た後相手のパートナーの見方が変わって大変興味深いし、そこまで深入りしたくない場合は差し障りのないファッションや美容の話をするだけでもインスタント女子会のできあがりだ。

女子会といえばサウナではなくスパに行く女性同士は多い。フィンランド各地にある滞在型スパはもちろんのこと、フェリーに乗ってエストニアのタリンに行けばもっとリーズナブルなスパホテルがたくさんある。そこでは飲食も安いし、エステやネイルサロンとセットになっている宿泊プランもある。

スパで様々な湯（日本人にはちょっとぬるいのが難点）に浸かって、サウナもスチームやスモークなど各種あって、さんざんふやけた後には部屋で現地調達した飲み物を片手にじっくり語り合うというわけだ。

もちろんその後街に繰り出す元気のいい女性グループも多く、タリンの観光客しか来ないといっても過言ではない旧市街付近では夜も更けると耳には美しくないが威勢だけはいいフィンランド語が飛び交っている。

フィンランド男性も安い酒を求めてやってくるのでここがどの国かわからなくなるほどだ（タリンの酒場で出会ったというフィンランド人同士のカップルも一組知っている）。

ある夏、タリン旧市街ど真ん中のラグジュアリーホテルに家族で宿泊する機会に恵まれた。子連れ旅ながら美味しいものをお腹いっぱい食べ気分はよく、サウナにも入っていざ寝ようとすると少し蒸し暑く窓を開けることにした。古城さながらの石壁に囲まれた張り出し窓から涼しい夜風が入ってくるはず、と期待すると、実際に部屋に飛び込んできたのは同じ通りにあるカラオケバーから聞こえてくるフィンランド語による下手な歌と、店の外に出てきてしゃべり通すフィンランド人女性たちの放送禁止用語まみれのおしゃべりだった。

こちらのカラオケはボックスではなくバーなどのオープンスペースで開かれるため、音もよくもれる。何があったかは知らないがサウナで汗を流すだけでは毒素が抜けず、大声で毒を吐くあまり上品でない類の女子会が開催されていたようだ。いや、もちろんお行儀のよい女子会も存在するのだろうけれど。

そんなスパ女子会は日本でいうと箱根に一泊女同士で旅するような感覚、だろうか。サウナと喉ごしのいい飲み物とおしゃべりは男子会でも女子会でもいつもセットなのだ。

第3章

それぞれの
やり方で

メルヤの別居婚

メルヤと久しぶりに会ったのは、ヘルシンキ市内のホテルの朝食会場でだった。

この、私より二十歳近く年上の友人とは、仕事を通して出会った。短い期間プロジェクトを共にしながらコーヒー休憩をたびたび取ることがあり、その延長で仕事が終わってからも今度お茶でもしましょうよ、と何度か会った。

共通の趣味があるわけでもない。彼女は週末や長い休みにはフィンランド中部の立派なサマーコテージにこもってガーデニングにいそしむタイプ。お子さんも最近独立されたと聞いた。

片や私は休暇といえば海外旅行を意味し、子供はほんの数年前生まれたばかりだ。

それでも私は彼女が好きだった。

外国籍の旦那さんを持ち、その彼の国の言葉や母国語だけでなく英語、スウェーデン語も流暢《りゅうちょう》に操り、さらに日本に数日出張した際にはひらがなまで学び始めた。会うたびに成長している人は、年に関係なく尊敬するし見習いたいと自分の背筋も伸びる。

そんな彼女とはしばらく会えておらず、久しぶりに連絡をもらったときはお互い仕事で忙しくしていた。しかし忙しいということは近況報告の話題もたっぷりある。どうにかして会いたいなぁと考えを巡らせ、東京で働いていたときによく使っていた手をヘルシンキでも使うことにした。

「朝ごはん、食べに行きません？」

それはいいアイデアね、と彼女は乗ってきた。

ヘルシンキで仕事帰りの遅い時間に誰かとアルコール抜きで会う場所はとても限られてくる。

ただ友達とおしゃべりしたいだけなのに遅くまでやっているカフェは数える

ほどしかなく、街の中心地を歩いていても開いているのはバーやレストランがほとんどだ。そんなわけだからカフェはどこも混んでいたり、騒がしかったりして特別な友人と会うにはちょっとためらってしまう。中心街から遠くに住む彼女を遅くまで連れまわすのも気が引ける。

そこで朝なら、お互い時間に融通の利く仕事をしているしゆっくり話ができると思ったのだ。平日なのに自宅と同じ市内のホテルで朝を始めるこの特別感が私は好きで、日本で残業三昧《ざんまい》の日々もときどき都内のホテルの朝食ビュッフェで大事な友人たちと会っていた。

いわゆる高級ホテルの部類に入るのだろうか。私たちが選んだ場所はエントランスホールには白と黒のタイルがちりばめられいつもぴかぴかに磨かれていて、ロビーにはふわふわすぎて座り心地がいいのか悪いのかわからなくなるデザイナーソファが置かれているホテルだった。

私はこのホテルを週末のブランチやクライアントとの待ち合わせに使ったことがあった。受付の人たちは女性も男性もそろって背が高く、それでも威圧感なんてまったく感じさせないような素敵な笑顔でいつも出迎えてくれる。

予約を入れておいたのでレストランの受付で名を告げるとテーブルまで案内された。メルヤはすでに来ていた。そうだった、彼女はめったに遅れない。いつもはもっさりとした分厚いセーターや着古したTシャツを着ている彼女も、今日はちょっとおしゃれをして花柄のチュニックに胸元にシルバーのネックレスを着けている。再会を祝して私たちは朝のコーヒーを取りに行った。

平日の朝食会場には出張中と思われるビジネスマングループが圧倒的に多く、あとは旅行中の老夫婦、私たちのような女性同士のテーブルもあった。

ロビーと違ってレストラン内はモザイクタイルが敷かれ、重たそうな本物の木を使ったテーブルが多く温かみのあるインテリアだった。

他のホテルと比べて朝食メニューのラインナップが特別というわけではないけれど、焼き立てのパンと美味しいコーヒーとたっぷりのサラダ、フルーツがあればそれだけで幸せになれる。

そういえばメルヤと会ってコーヒーを飲まないことはまずないぐらい彼女もコーヒー好きだ。このホテルにはアラビアの背の高いマグカップが置いてあってコーヒーや紅茶がたっぷり入るのだけれど、これはコーヒー好きのフィンランド人のためにコーヒーのおかわりで忙しく席を立たせないための気遣いなのかしらとさえ思ってしまう。私は熱々のブラックコーヒーが好きなのでカップの半分だけ注いだのに対し、メルヤはコーヒーとその後にミルクもなみなみと注いでいた。

一通り食事を取ってきて近況報告がスタートした。彼女は今取り組んでいる仕事のプロジェクトが海外出張もあり話題としては華やかであろうに、それよりも最近始めたサマーコテージの改装の話を主にしていた。

これは彼女に限らずフィンランド人あるあるで、一戸建てやサマーコテージを所有すると老若男女問わずみんなしょっちゅう自分で改装している。改装し続けているといってもいい。

だから話題や情報交換に事欠かず、会うたびに今はこれをこうしているんだ、とか、この前完成したこれを見てくれ、などとたとえ素人の集まりでもペイントや木材や建築関連の話が弾むことも多い。

私はまだほんのりあたたかいクロワッサンと四角いスパイスケーキをほおばりながら、メルヤの話に相槌《あいづち》を打っていた。

このスパイスケーキはカルダモンや八角、黒糖シロップが入った黒いケーキでクリスマス時期に食べられる。口に入れるとクリスマスの思い出がいやおうなくよみがえり、これがテーブルに並ぶということは……とメルヤの向こうの大きな窓から外を見る。

そのとき、もうそろそろ雪もちらつく季節だというのに今週末もサマーコテージへ行くという彼女の話を聞いていてふと疑問に思った。

「旦那さんもいつも一緒にコテージに行くの？」

彼女は長い週末を過ごすべく水曜や木曜の午後にコテージに行き月曜日に帰ってくることが多い。平日はもちろん仕事があるからサマーコテージからリモートワークをしているのだけれど、彼女の旦那さんはそんなにフレキシブルな仕事をしてたっけ。

すると彼女はふっと笑ってマグカップを持ち上げた。

「実はね、私と夫は何年も別々に暮らしているのよ。彼は中欧に住んでるわ」

え、と驚いた。彼女の話に旦那さんが何度か登場したことがあったし、それは愚痴などではなくごく日常の話に聞こえていたので、一緒に暮らしているとばかり思っていたのだ。中欧っていうと、ハンガリーとかチェコとかその辺だ。隣国のスウェーデンやエストニアみたいにひょいと行けるほど近くもない。

私はつい日本人的な感覚で、

「中欧って、お仕事で？」

と聞いてしまう。そういうことにすることもできただろう。けれどメルヤはマグカップの向こうからきっぱりと、だけど笑顔で否定した。

「いいえ。彼とは子育ての方針が合わなくてね。彼はどうにも古いやり方だから……それで私が子供を育てることにしたのよ。夏には彼もフィンランドにやってくるからその期間、一、二か月は一緒に暮らしているわ。それ以外は電話やメールでのやりとりね」

それって。すごくいいやり方だね！　と私も笑顔になる。実際、斬新だと思った。

「夫婦って仲がよくても顔を毎日合わせたら喧嘩《けんか》になったりするものね。それならたまに会うぐらいの方が長年夫婦でいられて平和かもしれない」

私があまりにも手放しにほめるのでメルヤは少し意外そうにほほえんだ後、

今まで控えめに話していたのを吹っ切れたように続けた。

「そう、その通りなの。特に子育てで意見が違うと子供も混乱するし、だからといって子育ての方針だけで相手のことが嫌いになるってわけでもないでしょ。この方が効率的なのよ」

私はそれまでフィンランドの人たちは簡単に離婚をすると思い込んでいた。浮気などではなく、もう愛していないからとか相手に関心がないからという理由だけで別れるカップルを、移住後たった数年で既に何組か見てきた。

簡単に離婚できる土壌、つまり子供がいても家のローンがあっても自立できるというのは福祉が充実している証拠であるし、相手に我慢しながら家庭内別居をしたり家政婦役に徹したりする日本によくある壊れた夫婦像は不健康だと思っていたので、どちらかというと私は離婚に賛成だ。

でも離婚が簡単なこの国でも、独創的な形で夫婦を続けている人たちがいる。きっと続けるだけの魅力がお互いにあるのだろう、これまでメルヤから聞いた旦那さんに関する話からなんとなくそう思った。私は真似することはないだろうけれど、そんな夫婦関係もうらやましい。

それから普段の朝食の何倍もかけて、年の離れた友人と夫婦について、家族について、女子会みたいな会話を繰り広げたのはいうまでもない。

上司マティアスのお宅訪問

フィンランドに越してきて間もなく、夫の上司のお宅にお呼ばれした。

それまでも夫の同僚やいとこ、友人などには、家に招いたり招かれたりして顔合わせを済ませていたのだけれど、上司となるとまた別だ。なんせ私は彼らにとっては急にフィンランドに越してきた東洋人、ただでさえ怪しさ満載なのに、夫と何年も共に仕事をしている上司にご挨拶なんて緊張しないわけがない。しかもご自宅にはご家族もいらっしゃるという。

日本でいうとこれ、夫がいつもお世話になっておりますとともにかく謙虚になり終始へまをしないように気持ちを張りつめる場面である。

招かれたのは平日の夕方。五歳のお子さんがいるということで遅い時間はあれだけどお茶にどうぞ、というのがありがたかった。いきなり食事なんてもっ気がしなかったのだ。

私が選んだ手土産《てみやげ》は安定の煎茶《せんちゃ》である。人によっては苦手意識がある場合も考えられるけれど、だいたいみんな日本食ブームやらなんやらで免疫があり、なおかつ日本製のものならフィンランドのその辺で出回っているものより品質もいいと喜ばれる。なおかつこの上司のご家族は日本に旅行したこともあるというので大丈夫だろうと判断して持っていった。

その上司、マティアスのお宅はここ十年以内に建てられたマンションが建ち並び、メトロ駅も近い便利な地域にあった。建物はどれも白っぽく、小ぶりながらガラス張りのバルコニーも各戸についている。

マンションの前の道路にちょうどマティアスの車が停まっており夫がそうだと教えてくれる。ボルボのステーションワゴン、色はダークグレー。夏の夕方のまだまだ高いお日様の光を受けてぴかぴかに輝いて見えた。人気のエリアの明るい通りに、いい車と、絵に描いたようなちょっと裕福な家庭。ますます私の中でマティアスのイメージが、上司然とできあがってくる。

しかしドアベルを鳴らして出てきたその男性は意外にも、人懐っこい笑顔を浮かべていた。

長身で細身の体に少しよれっとしたTシャツと短パンをまとっている。レゴブロックを片手にしていたのに私に握手の手を差し出すときに初めて気が付いて、恥ずかしそうにはにかんだ。その目は明るい茶色で丸く、少年のようだった。実際三十代の半ばでまだまだ若い。とても何人もの部下を束ねている上司には見えない。簡単な自己紹介をお互いにし、招き入れられた。

マティアスの息子はリビングの道路を模した大きなカーペットの上でレゴブロックを盛大に広げて遊んでいた。挨拶すると今何を作っていて、これはなんのパーツで、と私がまだマスターしていなかったフィンランド語で一生懸命に教えてくれる。奥さんはキッチンでお茶の用意をしている。ご挨拶をしお茶を渡すと喜んでくれ、ほっとした。

それからはマティアスによるお家ツアーとなった。家の中を簡単に見せてくれるという。

え、そんな初対面の相手に家中見せてくれちゃっていいの？　奥さん嫌がらない？　と当時は本当に心配になった。そんなに大きな家なの？　とも。

しかしこれはフィンランドにある謎の習慣で、自宅に誰かを招きその人が初訪問だった場合、家の中をぐるりと見せるのが普通のようだ。理由？　誰に聞いてもはっきりした答えは返ってこず習慣だから、という。

私は最初それを、自分が外国人ゆえにみんなフィンランドの家が珍しいだろうと気を遣って見せてくれているのだと思い込んでいたのだけれど、自分がいざ人を招く際に夫がやはり家の中ぐるりツアーをするのでお客様をお通しする部屋だけを掃除するというわけにいかないとだんだん学び、来客時にはプレッシャーがかかるようになった。

見せる場所は全部屋だといっていい。上司のマティアスの場合、夫婦の寝室、子供部屋、ウォークインクローゼット、それからバスルーム（サウナはなかった）にバルコニー。もちろんすべての部屋に足を踏み入れる必要はなく戸口からのぞくだけの場合もある。バルコニーには小さなテーブルと椅子もあり少し腰かけて、ここからあの通りが見えて、隅ではこんな植物を育てていて、と説明も入った。ＤＩＹを自らする人の場合はさらに、ここは何年に改築して、だのと詳しい解説が入るので、話を聞いている方もなかなか興味深く聞き入ってしまうのがこのお家ツアーなのだ。変な習慣だけど楽しい、招かれる分には。

その後奥さんに呼ばれてダイニングテーブルでお茶と軽食をいただき、彼らの日本旅行の思い出話や、移住してきたばかりの私の仕事の話などに触れた。

私が想像していた「君の夫君は会社でもよくやっとるよ」などという典型的な上司然とした会話は一切なく、マティアスは一貫してよき夫、よき父、そして夫のよき友人としてふるまっている。

それもそのはず、マティアスと夫は一緒に働くこと十数年。転職を繰り返しキャリアアップを繰り返すのが当たり前のフィンランドではたいへん珍しく、一企業にとどまり同部署で働き続けている絶滅危惧種なのだ。途中マティアスがグループリーダーとなったものの、上司と部下という関係ではなく一緒に旅行したり遊びに出かけたりする間柄なのである。

のちに夫が数週間体調を崩し疾病休暇を取った際、会社の決まりで一定日数以上休んだ部下に対しては上司がメンタルケア目的で面接をしなければならない、ということでマティアスと一対一で面談になったそうだ。その設けられた時間も彼らは「俺らにこの時間必要ないよね」と会社の会議室で小一時間、休暇の話で盛り上がったという。

しかしマティアスのフラットさは古くからの友人である夫に対してだけでなく、周囲の誰に対しても同じようだ。

フィンランドの一般的な会社では日本のように細かい役職による区切りがない。あるのは平社員とマネージャー、その上の経営陣ぐらい。強いていうなら試用期間中の「トレイニー」の立場や一時雇いのアシスタント、またIT系ではキャリア数年の「ジュニア」、五年以上の「シニア」などの肩書が頭につく場合もあるけれど、数年ごとに段階的に昇進していったり年功序列式に昇給したりすることはない。

マネージャーだからといって極端に偉そうにしたり自分でもできるはずの雑用を下に命じたりしようものなら人格を疑われる。その後、夫の会社の集まりに何度か参加したけれどマティアスがボス然としていることはなく、大勢の中では誰が管理職で誰が平社員かいつもわからないままだ。

そんな会社の会議室を借り切って、従業員の有志でバーチャルゲームを持ち寄って遊ぼうぜ、という企画もマティアスを中心として立てられたことがある。

会社のゲーム好きが集まってそれぞれに秘蔵の、まだ市場に多くは出回っていないゲームを抱えており、休日に会議室を借り切ってそのゲーム大会は開催された。マティアスが会議室を押さえ、部外者である社員の家族や私も参加した。会社の施設でこんなことが許されるのかとカルチャーショックだったのをよく覚えている。

そんな気楽な上司マティアスの息子くんは、軽食のお米のパイ・カルヤランピーラッカをペロリと平らげるも「アイスが食べたい」といい出した。お天気のよい日で、

「じゃあキオスキに買いに行こうか」

とマティアスが提案する。

「やったー！　ヤツキ・キオスキ！」

息子くんは興奮して家の中を走り回り始める。キオスキは日本でいうキオスク、売店、この場合はアイスクリームスタンドのことを指す。彼らの住まいのすぐ近くに海があり、海辺には夏限定で開くアイスクリームスタンドがあるのだ。

このヤツキ・キオスキ、海水浴場が開いている間、もしくはセーリングボートで海辺がにぎわう間のほんの一、二か月しか店を開けていないというまったくたくましくない商魂の事業で、しかも売られているのはたいていスーパーのアイスと同じメーカーのものをお値段はしっかり観光地価格にして、というラインナップだったりする。それなのにひと夏に一度くらいは買ってしまう。もうちょっと先のスーパーで買えば安いのに、買った後はなぜか負けた気がしない不思議な風物詩である。夏祭りのたこ焼きみたいなものだろうか。

私と夫は自転車で来ていたので、息子くんも最近買ってもらったばかりという新しい自転車にまたがり、同じく自転車のマティアスと並んで、総勢で自転車に乗り海辺までアイスを買いに行った。

息子くんが選んだのは子供らしい、黄緑とピンクのシャーベットのようなものがらせん状になっている棒アイスで何が入っているのかまったく見当がつかなかった。私とマティアスはミントアイスクリームがクッキーに挟まれたものを、夫はコーンに入ったチョコレートアイスを選んだ。

公園のベンチに座って暮れないフィンランドの太陽を見ながら買ったアイス

を食べ、最後は手をべとべとにしてみんなで困って笑った。まさか夫の上司と並んでアイスをかじるなんて来る前は想像もしていなかった。

それ以来マティアスはうちに何度か遊びに来たり、街角でばったり会ったりしたけれど、いつ会ってもこんな感じだ。フラットで、安定していて、いつも笑顔。もしかしたら上司になる素質というのは、この国ではこういうことなのかもしれない。

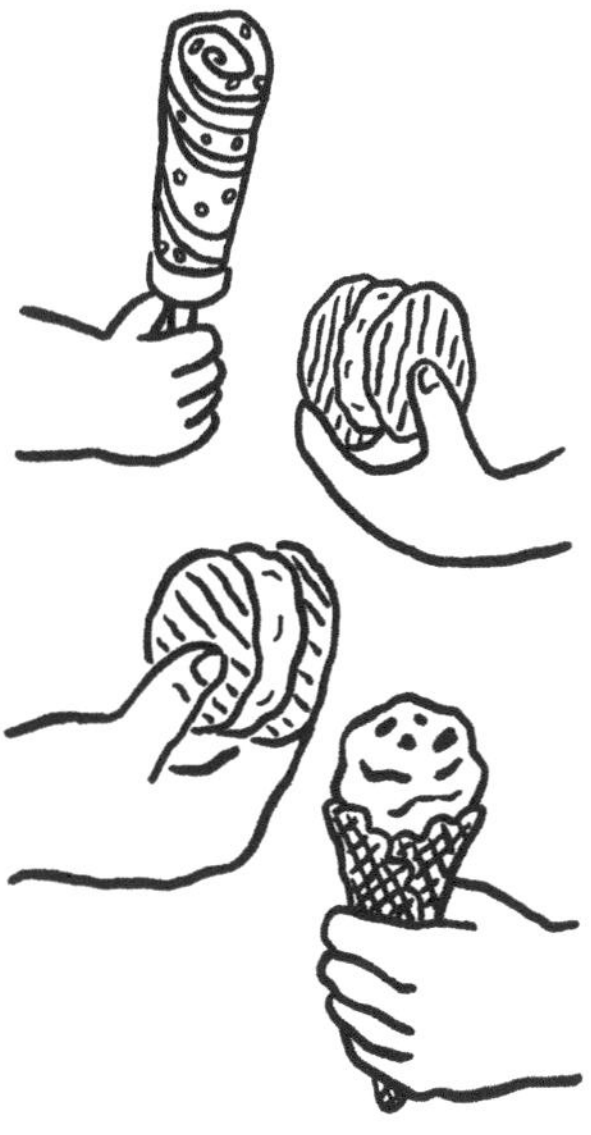

トムの大冒険

彼はかつて旅行嫌いだったと聞いている。夫の親友の話だ。

身長百八十センチ、体重百キロを超える巨軀《きょく》の持ち主のトムは夫の同僚だった。転職が普通のフィンランドで二十年近く同じ会社で働いていた。その後夫が転職をしても付き合いは続いている。

そのトム、三十代半ばまでは保守的で海外旅行を一切しなかったのだそうだ。住まいはヘルシンキ、実家はヘルシンキから電車で二時間以内の田舎町。空港が遠すぎて海外に飛ぶのが億劫ということもない。しかし行ったことのある国は日帰りで行ける近隣のエストニアと二泊で行けるスウェーデンぐらい。

こういう保守的なフィンランド人は一定数いる。我が夫は狂ったように旅行のことばかり考えて生きている部類の人間だけれど、トムの場合は家の中に居心地のよさを求めて生きるタイプ、一言でいってオタクだった。機械をいじったり、ゲームをしたり、調べ物をしたり、甘いものを食べたり、そういうことばかりに幸せを見出す人だったらしい。

と過去形なのはそのトムが途中から変わったからだ。

あるとき彼は、同僚で悪友、つまりうちの夫にそそのかされてカナリア諸島に旅行した。しょっちゅう旅行ばかりしている夫に、職場で直前割の旅行サイトを見せられたという。旅はいいぞ、とプレゼンされ、フィンランドの暗い冬に鬱々《うつうつ》していたのもあり急遽《きゅうきょ》翌日からの休暇を取りカナリア諸島まで飛んだ。

スペイン領のカナリア諸島はアフリカ大陸の西に位置する常夏の島である。ヨーロッパ人のバカンス先として栄え、フィンランドからも直行便が飛んでいる。そこでなら気候も温暖だし物価も安いしフィンランド料理を出すレストランもあるし、旅行初心者が滞在するにはぴったりだ。

その旅行でトムは長年悩まされていたアトピーに改善が見られたのを感じた。フィンランドの空気は乾燥しているけれど、暖かいカナリア諸島は湿度も高く、いつものかゆみが消えたという。

そこで彼は、もっと他の国を見たくなった。よその国はどんな風に違うのだろうと初めて興味が湧《わ》いてきたのだ。

週末や休暇を使ってヨーロッパを見て回った。地続きなのに建物や言葉や食べ物が変わっていく様に気が付いた。

メキシコへも飛んだ。大陸が変われば様子がもっと違うようだぞ、と気が付いた。

それから大型バイクの免許を取り、Kawasakiバイクを購入した。世界がどんな風に変わっていくのか見たい、とテントを載せたバイクにまたがりフィンランドから東のロシアへ抜け、野宿しながらモンゴルまで旅をした。このあたりから旅行の仕方が突き抜けている。

旅の道中ロシアのど田舎で、大雨に見舞われた。日は暮れあたりは暗く視界も悪い。バイクでこれ以上進むのも危険だと判断しテントを張ってその場で野宿することにした。

翌朝、まだ眠っているトムのテントをノックし声をかけてくる人物がいた。ロシア語はわからない。テントを開けると外はすっかり晴れ渡っており、客は警官だった。そこで初めて彼は自分がテントを張った場所が交番の真横だと気が付いたらしい。

彼に会うと旅先でのこういう面白エピソードがいくらでも出てくる。もともと博識だった彼は旅でさらに見識を広め、私が知り合ったときにはすでに旅行好きの独身貴族へと変身を遂げていた。

しかし彼の冒険はそれだけでは終わらなかった。

四十代半ばの頃、彼は大学へ行き始めた。

彼は日本でいうと専門学校卒である。教育にお金のかからないフィンランドでは大学院まで出る人も珍しくないのだけれど、もちろん小中学校にあたる九年の義務教育の後、普通高校ではなく職業訓練校を出て就職する人も一定数いる。

彼の場合は運がよく、そうして偶然就職した会社が合併や統合を経て、いつの間にか業界ではフィンランド一の規模の企業へと成長していた。トムは安定した会社で、社内での絶対的な信頼も満足できる給料も勝ち取っていた。

しかしさらにステップアップしたいと働きながら学士号が取得できるコースに通うことにしたのである。

会社にもそんな従業員をサポートする仕組みがあり、終業後、もしくは週のうち何日かを授業を受けたりレポートを書いたりする時間に充てることができる。日本のようにきっちり四年で学士号、というわけでもなく自分のペースで通える。

そうして彼は数年後に見事学士号を取得。通常通りの勤務形態に戻った折にはさらなる知識をもって会社に還元する人材と歓迎され、同僚たちがトムの好物のケーキを買ってきて一緒にお祝いしてくれたのだそうだ。

会うたびにアップデートされているトムの生き方は、そろそろフィンランド生活にもすっかり慣れて落ち着こうとしている私にいつも活を入れてくれる。

彼はあるとき、船を買おうと思っているんだよね、といった。中古の小さなエンジン・キャビン付きのボートなら百万円程度で買えるという。それでフィンランドの湖水地方を冒険してみたいらしく、なんなら共同購入する？　と我が家に持ちかけてきた。

またあるときは突然、地方議員選挙に出馬した。前々から仲間うちで何か困ったことがあるとトムに相談する、というぐらい頼られていた人だからぴったりな気はしたけれど、最初に連絡をもらったときはすでに告示済みで、駅前に貼られている選挙ポスターを見に行ったら本当にトムの写真を見つけてたまげた。彼曰く、「党に参加してちょこっと手続き」を踏めば出馬はそう難しいことではないらしい。

安定を笑い飛ばすようなトムの大冒険はまだまだ続くのである。

和解の時短家事

正直にいおう。夫の幼馴染《おさななじみ》オイヴァとカイサの長男であるヴァルトは私の宿敵であった。

初めて会ったのは確か奴が六歳のときであった。弟が生まれて盛大に不貞腐《ふてくさ》れていたので、かわいくない子だな、とこっそり思った。しかしその後我が夫を親戚のおじさんのように慕っている様子などを見て、なかなかかわいいところもあるんだなと見直した。小学校入学を前に我が家に一人で泊まりに来たいというので、さして子供好きでもない私は寛大な心で許した。子供にだって冒険は必要だろう。

当時自身の子供もおらず世話好きでも子供好きでもなかった私には、子供のためにどんな食事を用意すればいいのかわからなかった。お母さんのカイサに聞いてみるも、野菜は苦手だけど肉なら食べる、家では辛くないカレーも食べられるとのことで、それなら腕の見せ所。子供ってカレーがとにかく好きよね、と野菜を細かく刻んで見えないようにした日本風カレーを用意した。

小さくしておけば食べるでしょうと、日本から持ってきた包丁をフル活用して野菜を刻みまくった。もちろん子供用にリンゴや蜂蜜も入れて、大人用の辛いものとは分けたけれど、結果は惨敗。一口食べたのちに奴は、

「美味しくない」

とまことに正直でよろしい感想を放ちスプーンを置いた。私のクッキングタイムが水の泡だ。美味しくないなら美味しくないなりに完食してくれればいいものの、彼の家ではそういった教育はされていないらしく腹をすかせたままにするわけにもいかないので何なら食べられる？　と模索タイムが始まった。

冷蔵庫のものをいろいろ見せた結果卵なら食べられるというので、ご飯とオムレツとケチャップという、最初からこうさせてくれよ……なメニューが一丁あがり、添え物の茹《ゆ》で野菜などはこれまた一切触れず召し上がっていただいた。

そんなんじゃ小学校に上がったら給食で困るよ、と脅したかったけれど、よ

く考えたらフィンランドの給食はビュッフェ形式なのだ。自分でトレイを持って、好きなものを食べられるだけ取っていく仕組みで苦手なものがあったら避け放題。

「野菜も食べなさいねー」という程度の声がけも先生や調理師からあるけれど、食堂の狭さや休憩時間の短さもあってそこまで細やかに気を配ってもいられず平均十五分以内にビュッフェ台から自分でトレイに盛り席を見つけてかき込むのが現実だ。個々の好き嫌いなんていちいち構っていられない。

というわけでヴァルトは小学校に上がってからもいろいろやらかしてくれた。

卵とケチャップなら好きそうなのでオムライスを作ったらやはりケチャップライスには手をつけなかったり、鶏肉だけほじくり返したりする。そのくせデザートはねだってたらふくたいらげる。

そのデザートも新しいものには一切手を付けない。あるとき彼ら一家がお茶の時間に遊びに来たのでチョコレートケーキを焼き、それでは足りない場合のバックアップに細長い袋入りの安い菓子パンを買ってきた。ヴァルトはもちろん、菓子パンだけ手を付けた。ケーキも美味しいよ、と親にいわれてもいらないの一点張り。

私はこういうタイプのガキが嫌いだ。

特に移住間もなくは頭の中が日本の価値観一色だったので、就学年齢になっても出された食事を残したり、手を付けなかったりといった無礼行為は許しがたかった。

うちに一人で遊びに来ている間だけ親の監視がないため甘えているのかと最初は思ったけれど、奴は親が一緒でも同じ態度を貫いている。あっぱれだ。

そんなヴァルトがまた泊まりに来たいという。飯がまずいと思う家になぜそんなに頻繁に来るかというと、我が家には彼が持っていないゲームがあり、また一人で遊びに来ることによって親の制限から逃れ夜更かしもし放題、小さい弟妹にかかりっきりの両親からは得られない大人からの関心を存分に得ることができ、なおかつ子供全般を甘やかしがちな我が夫が必ず甘いものを用意しておくと知っているからだ。

もちろん彼の両親はそんなことも全部承知だけれど、よその家に行くときぐらい羽を伸ばすのもいいわね、とこっそり許している。私はそんな彼らの意図も知っているからこそ、食事には頭を悩ませるものの受け入れるのである。

さて、今回の食事はどうしよう。またオムレツだけ出そうか。いやいや、それでは彼の両親に申し訳ない。

そんなとき、ふと、ヴァルトの母親カイサが作っていた普段の食事を思い出した。

彼らが旅行から帰ってきたある日、私はたまたまそこに居合わせていて、カイサが今日の夕飯はミートボールにするという。

「え！　今から作るの？」

とタフだなぁと眺めつつ手伝いを申し出ると、カイサはあっけらかんと笑って、

「これよ」

と私の背丈よりも高い冷凍庫の扉を開け中をごそごそと探り出した。

彼らの自宅には高さ百八十センチは優にある冷蔵庫と冷凍庫がそれぞれ一台ずつあるのだ。上下で冷蔵室と冷凍室に分かれた大きな冷蔵庫を並べて二台持

ちしている家庭もよくある。

　これは食事を一度に大量に作って冷凍したり、夏限定で出回るベリー類を頭が狂ったのかというほど大量に買い込んで冷凍し、暗い冬の間にビタミンを摂取したりするのに一役買っている。

　カイサはそこからミートボールを取り出した。既製品で、オーブンに放り込むだけでできるという。

　そして棚から常温保存できるマッシュポテトの粉とソースの粉の包みを出す。マッシュポテトは粉に熱湯を加えて混ぜるだけでできあがり。

　ソースはグレイビーソースをクリーミーにしたような味で、小鍋で水と牛乳と混ぜて火にかけるだけでできあがり。どちらもミートボールをオーブンで解凍している間にできる。

　添え物の野菜はカイサの場合、ニンジンをシュレッダーにかけたものときゅうりとトマト、以上。包丁はかろうじて野菜に使っているだけだ。調理時間はミートボールがオーブンで温まるまでの十五分だけで、それも電子レンジで温めれば二分で済む。

それらをヴァルトは「野菜はせめて一口食べなさい」と厳しくいわれ、しぶしぶ一口は口に放り込んでいた。ミートボールはそれなりに食べ、マッシュポテトは少しだけ。それも大皿に盛られたものを自分の取り皿に盛って食べていたので、取り分を残すこともない。

食べる方も食べさせる方もストレスが少ない、画期的なやり方に思えた。

ミートボールの既製品を使うことに当時子供がいなかった私は抵抗を覚えたけれど、いざ子供を持ってパッケージの成分を見るとそうそう変な添加物は入っていない。

もちろん中には入っているものもあってやたら長持ちするものもあるけれど、そこは自分で無添加のものや子供にも安心して食べさせられる塩分控えめのものを選べばいい。ミートボールでいえば国民食とあって野菜入りや鶏肉のみのもの、鮭が入った魚肉ボールなどバラエティも豊富だ。

フィンランドにおける夕飯の平均調理時間は二十分といわれている。それも二十分で○品！　など速さを競った結果ではなく、品目はたいてい三品。タンパク質と、炭水化物と、野菜。カイサのミートボールの例が一番わかりやすく、野菜に至っては切っただけ、最上級で茹でただけ、で煮物の文化もないので味もついていない。

炭水化物も然りで、米やパスタやジャガイモを茹でるだけ、というのが圧倒的に多い。タンパク質はクリームをかけてオーブンに放り込むか（鮭のクリーム焼きなど）、最初からマリネされている魚や肉を買ってきてやはりオーブンに放り込む。パスタやピザ、スープにしたときには品数はなくもっと簡単になる。

キッチンを見れば四口コンロ（多くはガスではなく電磁コンロかＩＨ）が主流だけどそのすべてを使っている家庭はめったにお目にかかれない。この四口は単に、大型オーブンの上にコンロを置いている設計の関係で四つできちゃった、というだけなのではないかと私は踏んでいる。

この時短と呼ぶのもはばかられる究極の簡素化は、これで許される土壌ができていること、共働きが前提であること、またいくら仕事が午後四時に終わろうともその後あわただしく子供の習い事や自分の趣味に時間を割かれるのだから夕食には手をかけないという熱意からきているのだと思う。

私はもともと料理が大好きで何時間でもキッチンに立っていたい方だったけれど、慣れてしまえば手をかけない方が、特に子供と食事を共にする場合はストレスがかからないと気づいた。食事が終われば食器洗いは食洗機に任せる、そもそも洗いものも食事がワンプレートなのでそんなに出ないのだ。

さて、私のかつての宿敵のヴァルト。彼が来るときは今では、市販品のオンパレードにしている。チキンナゲット、オーブンで温めるフライドポテト、冷凍ピザ、バーベキューグリルで焼くホットドッグなどなど。

実は奴にもいいところはあって、そんな手のかかっていない料理を出したときでも帰り際には「じゃあね、ありがと」としっかり笑顔でお礼をいって去っていくのだ。

今となっては手のかからないかわいいお客である。

HOT
DOG

ワケありファッション通信

フィンランドに移住して最初の年に、ヘルシンキ市の生涯学習センターのような機関で開催されている初心者向けのフィンランド語講座を受けた。

平日の昼過ぎから二、三時間、週に四日の授業に生徒として集まるのは私のように結婚や仕事でこの国に住まざるを得なくなった人たちで、初心者コースということもあって無職の人々が圧倒的に多かった。総勢二十名ほどの生徒の中にはアジア出身者もいたし、隣のロシア、東欧や南欧、アラブ諸国からの生徒もいた。

クラスを担当していたのはフィンランド人の三十代の女性で、くっきりとした二重が印象的ななかなかの美人だった。私にとっては家族や夫の友人以外で初めてできたフィンランド人の知り合いである。

あるときその先生が、前日と同じハイネックのセーターを着ていることに気が付いた。シンプルなダークレッドのデザインでよく似合っているなぁと眺めていたので覚えていたのである。そしてその次の二日間も立て続けに黒のカットソーと同じ服を着ていた。

これが日本の場合、一週間のうちで同アイテムを着回したとしても同じ服をそのままのコーディネートで連続で身につけることはない。洗濯していないのかしら、とか、昨日家に帰っていないのかしら、と思われるのは間違いない。

しかしここはフィンランドだ。洗濯？　もちろん一晩のうちにしているわけではない（空気がやたら乾燥しているので一晩にして乾く可能性は大いにあり得るが）。では家に帰っていないか？　徹夜で会社にとどまるような機会はきっと少ない。家に帰ってもシャワーを浴びていない可能性はある。

欧州のよその国と同様、シャワーは二日に一回、という人はこの国ではものすごく多い。

これをいうと日本の友人たちには驚かれる。わかる、わかるよ。私も最初は抵抗があった。

しかしフィンランド語講座の先生に直接「なんで二日連続同じ服なんですか」なんて聞かずとも、夫をよく観察するとその理由がわかってきた。

夫は一日に三度着替える。こう書くとおしゃれ上級者さんのようだけれど、残念ながらまったく違う。

まず朝起きて、パジャマから部屋着に着替える。下はスウェットなどのお腹周りが楽な服で、上はTシャツが多い。家でリモートワークの場合はその部屋着で一日過ごすが、家の外にあるごみ収集所にごみ出しに出かけるときは、律儀に外用トラウザーにはき替える。中と外の服をきっちりと分けたいらしい。

外出する際は上下共に着替える。たとえ部屋着と同じようなよれっとしたTシャツであっても、だ。下にはくデニムやカーゴパンツは外用、と決まっているらしく、それらがたとえ洗濯済で清潔であっても家の中で着ることはない。

そうして外から戻って手洗いを済ませたらまたすぐに部屋着に着替える。一度外で着た服は「もう一度着られる」というルールがあり、ハンガーにかけ次の出番まで寝かせておく。

こうやって二日連続で出かけるときは二日とも同じ服、という姿ができあがるのだ。前述したように、シャワーもよっぽど汗をかいたとかサウナに行く機会があったとかでなければ二日に一回だ。

結婚して間もない頃はそんな夫の周りをはらはらと見守り、「昨日と同じ服で職場に行って大丈夫なの？」とか「同じ人に会うんだったらせめて別の服にしてみれば？」などといってみたけど効果なし。

本人曰く一日中着ているわけではないし、家の中では外の埃も汗もついていない衣服に着替えているし最上級に清潔さが求められるベッドではベッド専用の服、つまりパジャマを着ているので汚くないのだとか。

どうやらこれはわりとスタンダードらしく、フィンランドで二番目に受けたフィンランド語講座の先生も、判で押したように二日連続同じ服を着てくる人で、私はだんだんと事情を理解し始めた。

空気が乾燥しているので汗をそんなにかかない。仕事用に取り立ててかしこまった服を着る必要がない。通勤時間も勤務時間も短いので一日中外用の服を着ているわけではない。シャワーを浴びていないのに清潔な服を身につけることは矛盾である、などなど。

もちろん市民講座の語学講師という経済的理由（この国でも教師はその必要とされる学位や尊敬されている立場のわりに薄給である）が絡んでいないとも限らないけれど、見慣れてくるとその二日に一度のシャワーと外着の変更、は理にかなっているような気がしてきたから不思議である。

ちなみに「シャワー浴びない代わりに香水でごまかすんでしょう」とフランスかどこかの話をフィンランドに当てはめようとする人も多いけれど、私の知っている限り、香水を振りまいている人はそんなにいない。

というか売られてはいるし、使う人は使ってはいるのだろうけど、どういうわけだか匂わないのだ。私は強い香りがすると気分が悪くなるのだけれど、街中や職場、エレベーターや会議室で香水の匂いにやられた経験がない。たまに誰かとすれ違って、あ、いい香り、と思うことはあってもだ。これも空気が乾燥しているせいだろうか。

他にもフィンランド人のファッション事情には目を見張るようなことがいくつかあって、例えばこれまでも何度か書いている夏場のサンダル＋靴下、の組み合わせ。それに短パンを合わせているのを目にしたときには、足を出したいのか出したくないのか問いただしたくなるぐらい毎回頭を悩ませていたけれど、このけったいなスタイルにも彼らなりのいい訳があるのだとのちに知った。

「なんでフィンランドではサンダルなのに靴下はくの？」

知り合いに思い切って聞いてみたときのことである。

「それは汗をかくからだ。サンダルに汗が付いたら不快だろう」

「それなら最初からスニーカーをはけばいいんじゃ……」

「そうしたらなおさら汗をかく」

「じゃあサンダルだけにしておけば……？」

「そうしたら汗をかいた場合、汚れた足で家にあがることになってしまう、それは避けねば」

フィンランドでは家の中で靴を脱ぐ。靴を脱ぐ文化は日本だけではないのである。

玄関の小上がりはないけれど靴を脱いで家の中では過ごすので、たとえ足に汗をかいてもそのまま靴下を履いておけば床を汚すことなく安心、という配慮らしい。

同じ靴を脱ぐ文化でも日本と違うのは家の中でスリッパをはく習慣がない、ということだ。冬用に、例えば古い一軒家やアパートの一階で底冷えしルームシューズをはく人はある程度いるけれど、春夏秋冬スリッパをはいている人は見たことがない。

よって靴下がスリッパ代わりを務め、床を清潔に保つため夏場のサンダル気候のときも欠かせないのだそうだ。

それを聞いて以来極端なもので、家に人を招いたときサンダルに靴下ばきだと気を遣ってもらっているような気さえしてきた。人のファッションを事情も知らずに笑ってはいけないものだ。


足元の話が出たのでついでにもう一つ。室内用スリッパの入手しづらさにはなかなか苦労した。

特別冷える家に住んでいるわけでもないけれど、長年スリッパに慣れた身には、靴下だけでフローリングの床の上を歩き回ることになんとなく心細さを覚えるものである。滑りそうだし、長時間立っているとやはり疲れる。

しかし店を、具体的には大型スーパーの靴コーナーや靴店、雑貨店を回ってもこれというスリッパが見つからない。あるのはフリースとボア裏地でできた分厚いショートブーツ型のものか、フェルトでできたサボ型のものなど、それこそ足に汗をかきそうなものばかりで、日本によくあるような「丸洗い可能」な布製のものなど到底見つからない。

そこで他の人はどうしているのかと聞いて回ると、そういった分厚い室内ばきをはいている人ももちろんいたけれど、たいていの人は「毛糸の靴下をはけば解決だよ」ととびっきりいいものを教えてくれるかのような口調でいった。

毛糸の、特に手編みの毛糸の靴下というのはこの国では重宝され、ちょっとしたプレゼントにもらうこともあれば、保育園で冬場の長靴の中にはくものとして持ってくることを要求されもする。

家の中で少しでも寒いと口を滑らせようものなら「毛糸の靴下をはけ」とこれはまさか何かの慣用句かと疑うほどに頻出するアドバイスで、一人一足は持っているのが普通のようである。

編み物をしない立場としては肩身が狭いけれど、市販のスリッパの品ぞろえが充実していないのもこれで頷《うなず》ける。彼らには彼らなりの理由があって、そういうファッション事情なのである。

第4章

もちろん楽ありゃ苦もあるさ

カイサの嫁姑問題

子供を三人抱える友人カイサが子のお誕生日パーティーを開くことになった。私の夫と彼女の旦那さんは昔からの親しい間柄で、私も移住当初からカイサに何かとお世話になっている。大規模なパーティーらしいと聞いて準備を手伝うことになった。

フィンランドでのお誕生日会といえば、自宅やその裏庭での文字通りアットホームなもの、もしくはアミューズメントパークを貸し切った華々しいもの、その他にも、自治体共有のイベント部屋や市所有の児童館を無料で借りることもできる。

貸切でというとなんだか派手な響きがあるけれど、アメリカ映画でたまに見かけるようなピエロを雇ったりポップコーンマシーンを用意したりなどというお金のかかるエンタメ性はあまりなく、堅実家が多いせいだろうか、それともなんでもDIYしてしまう人が多いからだろうか、比較的素朴なパーティーが多いのがこれまでの狭い交友範囲で見てきたところだ。

とはいえ、子供やそのお友達やその親、もしくは自分の友人家族を招いてのパーティーは、どんなに素朴であろうと疲れる。

私がカイサ家のパーティーの開始二時間前に会場に到着したとき、その場を仕切っていた彼女はすでに疲労困憊《ひろうこんぱい》気味だった。自治体のパーティールームだという、公民館のような広い会場で執《と》り行われるお誕生日会には、ごちそうやケーキ、風船飾りだけではなく集まる子供達が飽きないように魚釣りのゲームや天井から吊り下げられた箱を叩くキャンディー落とし、部屋の隅には子供用の小さなテーブルと塗り絵一式まで用意されていた。一部の飲食物はケータリングを頼ったものの、すべて彼女が手配したという。

ちなみに彼女の旦那さんは何もしなかったというわけではなくカイサが忙しくしている間幼い子供たちの世話をしていたとのことだった。フィンランド人の男性というと家のことにも協力的で何かにつけて一緒に作業をしているようなイメージを抱かれることが多いのだけど、子供が三人もいながらキッチンで肩並べてケーキを焼いているわけがない。フィンランドでだって戦争のような子育ての日々はある。この家庭はそういう意味で適材適所、うまく分担ができているのだ。

さて、その公民館的パーティー会場にはもちろんキッチンもついている。シンクはもちろんのことオーブン、洗濯機と同じサイズの食洗機、湯沸かしポットにコーヒーメーカー、コーヒーを大量に入れておく四リットルのポットまである。会場の飾り付けの残りは男性陣に任せて、私はカイサとキッチンに入った。

図々しいほど鮮やかな吊り棚のオレンジ色の扉や幸せしか感じることを許されないといった風情のIKEAのカラフルなプラスチック食器、子供子供しているフィンレイソンの熊柄のカーテンが彩ろうとしているのは、冴えない大理石柄のリノニウムの床と窓の外の曇天だった。

急なゲストの変更で、グルテンフリーのお菓子が必要になったのだそうだ。事前に買っておいたお菓子やケータリングに頼んだものはグルテンアレルギー対応をしていないという。

　フィンランドにはこのグルテンアレルギー、ラクトース（乳糖）アレルギーが多くて、ちょっとした来客のときにはなかなかに気を遣う。初めてのお客さんのときには事前にアレルギーがないかチェックし、その後もよきホストとして覚えておく必要があるのだ。

　うちでも義母や夫の名付け親がグルテンアレルギーで食べたものに少しでも小麦粉が混じろうものならその後何週間もお腹の調子を壊すらしく、家族一同が集まるような行事ではグルテンフリーのもののみを作ることに慣れてしまった。

　というとカイサは「あら、それじゃ面倒ね」と声のボリュームを落とし、心底同情する、といった風に眉を寄せた。ただでさえグルテンアレルギー対応の商品はパスタでもケーキでもその材料でも通常商品に比べて割高になる上、その対象が姑《しゅうとめ》なんかじゃね、ということらしい。

　私と姑の関係は彼女が思うようなものではなく世の平均と比べると申し訳ないぐらい平穏なのだけれど、どうやら彼女の場合は違うらしい。

ラクトースフリーのバターを砂糖と擦り混ぜ、カイサの金色のアイシャドーにこっそり見とれながら相槌を打つ。普段はお互いの夫が同席することが多いので、男性陣抜きでキッチンで顔を寄せ合ってもの作りをしているとより親密になった気がした。彼女がグルテンフリーの板チョコレートを粗く刻み、包丁が下りるのに合わせるように愚痴をこぼす。

「最近旦那さんの実家に帰ってる？　え、そんなに頻繁に？　そう、うちの姑はね、ずっと一人暮らしでしょう。自分の平穏が何よりも大事って人なのよ。あんなに広い家に住んでおきながら、っていっても寝室が三部屋だけど。年寄りには充分広すぎるわよ。それなのに、もううちには泊まってくれるな、っていうのね。前回泊まらせてもらったとき、子供達が騒々しかったのが嫌だったみたい。騒々しいっていっても食事は自分たちで買ってくるか外食するかにしているし、昼間も大抵出かけているのよ？　それなのにそんなだから、次の帰省には駅近くのホテルを予約してやったわ、一晩百五十ユーロ。それでも反応なしであの人は自分の息子にも孫にも興味がないみたい。なんのためにそんな出費してまであんな田舎町に帰るのかわからないわもう」

フィンランドにだって嫁姑の数だけ問題がある。日本のように結婚したらその家の人間、だとか、盆と正月は必ず顔を見せなければ、とかそういった堅苦しい考え方はないけれど、どんなに個人主義に見えても神の思《おぼ》し召しであるかのように何かとうまくいかないのが嫁姑というやつだ。

我が家がうまくいっているのはひとえに、義母自身がかつては姑に苦労させられ私とは程よく距離を取ってくれているからだ。周囲に目を向ければやはり姑との距離感や生活習慣の違いがありすぎて苦労している人はいくらでもいる。

カイサの愚痴は続く。こういった子供のお誕生日パーティーにも姑は一切顔を見せない。ヘルシンキまで出てくることで残り少ない資産を減らしたくない徹底したケチ。

ザク、ザク、と板チョコが刻まれるたびカイサが使うまな板の上にできた甘い塵《ちり》の山が高くなる。私の手にしているボウルにはすでに卵が割り入れられ、小麦粉代わりのとうもろこし粉も混ぜ、あとはチョコチップ代わりの刻み板チョコをざっくり混ぜれば即席チョコチップクッキーの生地はあがりだ。

途中で擦り混ぜていたシュガーバターの一部を取り分け、クッキー生地よりも多めの卵と粉と牛乳を加えパウンドケーキを作るつもりだったのでそちらにも取りかかる。

「そういえば今日のグルテンアレルギーのお客さんは誰なの？」

手元の作業に意識を戻せばカイサにもいつもの初夏の太陽みたいな笑顔が戻るんじゃないかと思って聞いてみたらため息が返ってきた。

「私の母の彼氏。ちょっとした検査で入院してたけど昨日退院して来ることになったんだって」

カイサのお母さんはもうとっくにリタイアしている。確かその彼氏さんとは何年か同棲していて結婚も婚約もしないっていっていたっけ。

初老のカップルが同棲だのボーイフレンドガールフレンドだのいっていることに移住当初は慣れずいちいち心の中でつっこみを入れていたけれど、今はあそのパターンね、と聞き流せる。初めての離婚後、もう結婚はこりごり、籍は入れたくないとずるずる同棲する熟年カップルなど珍しくない。カイサのご両親もカイサが十五歳の頃に離婚していると聞いていた。

それだけ珍しくないのなら離婚もさぞカジュアルだろうと、やはりここも誤解されがちだけれどそんなことはない。それなりに揉めるし、子供は傷つくし、こじれれば裁判もある。期待に添えなくて申し訳ないがフィンランドはパラレルワールドではない。

カイサも何年も知り合いであるお母さんの彼氏にはときたま相入れないものがあるらしく、何歳になっても子供は親の離婚や再婚にそれなりに動揺するのだな、と小さく驚かざるを得ない。

フィンランドの離婚率は事実婚を数に入れなければ五十パーセント、入れれば八十パーセントにものぼるといわれている。ある統計によると平均初婚なら ぬ平均初離婚年齢は女性の場合四十一歳、男性は四十三歳。子供がいれば独立前であろう。

つまりほとんどの人が離婚をするか、周囲の離婚に行き合う。宝くじに当たるよりずっと高い確率で。

共働きが多く離婚後の生活に困る人が少ないというのが皮肉にも離婚率を上げる一因になっていると推測するのだけれど、生まれた瞬間から死に向かって歩き出しているように、結婚した瞬間から離婚や離別に向かっているというのはなんというか勇ましいような気もする。

そういえば私自身もこの人とだったら一生添い遂げられる、などではなく、この人となら万一離婚になってもいろんな意味で大丈夫だろうなと、結婚を決めたのだった。

大丈夫というのは離婚に至っても後悔しないだろうな、という一途な思いよりも、この人となら非論理的なことでは揉めないだろうなという先回りでもあった。今のところ実証はできていないけれど、見込み通り夫婦喧嘩はわりとロジカルに済ませている。

オーブンが温まったのでクッキー生地を天板にスプーンで落として、パウンドケーキの方は冷凍ベリーをざっくり混ぜて、それぞれ焼いた。

カイサのこぼした珍しい愚痴は終着点も見つからないままに、甘いバターの匂いと一緒になって会場中に散ってしまったようだ。

もうすぐゲストが来る。私たちはコーヒーメーカーのスイッチを入れ大量の苦い飲み物をこしらえる。

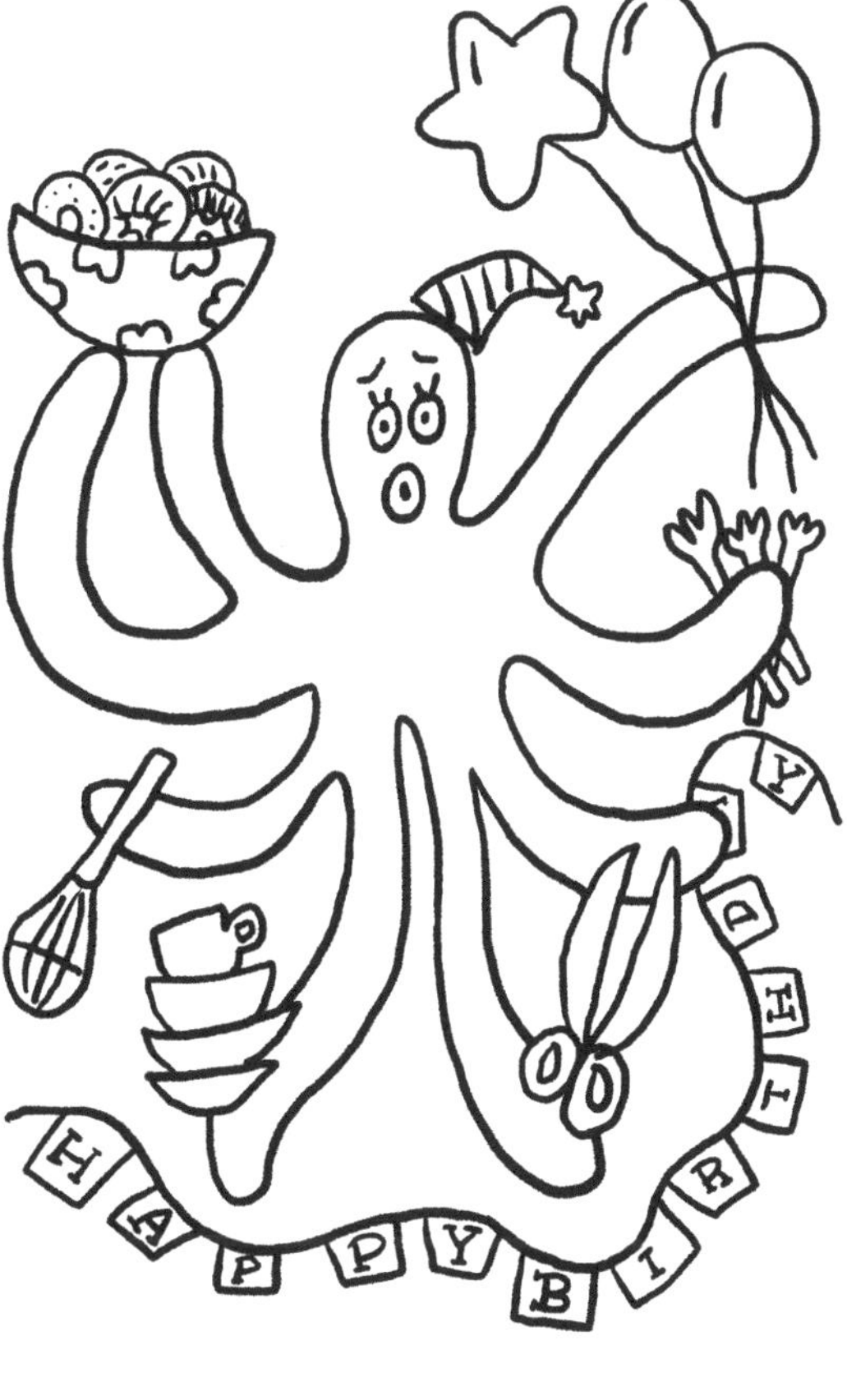
HAPPYBIRTHD
Y

シングルファザー ヴィルホの奮闘

ヴィルホは私の知っている数少ないフィンランド人男性の中でイケメンの部類に入る、のだと思う。さらっとした金髪、空色の目、しっかりした鼻筋。目と眉の間は狭く黙っていると愁《うれ》いを秘めたような表情に見える。

しかし彼の第一印象は少々いけ好かないやつ、だった。

私が共通の友人のホームパーティーを通して彼と知り合ったとき、彼は怖いものなしに見えた。公務員できれいな奥さんを持ち、子供は五歳の女の子と三歳の男の子の二人でキッズモデルみたいにかわいらしかった。購入して間もないヘルシンキの人気エリアにある分譲マンションに住み、やたらすました細身の白い猫を飼っていた。

絵に描いたような幸せな家庭を持ちつつも、ヴィルホはいつもどこか不満そうにしていた。友人のお祝いの席だというのに、当時急激に増えた移民をめぐる政治問題を語り、「なんで俺たちの税金で外国人を養わなきゃいけないんだ」と豪語した後、移住してきて間もない私の存在に気が付いたかのように「……これから仕事を見つけようっていう日本人は別だよもちろん。でも他のうるさいアジア人とか、貧しい国のやつらとかは受け入れがたい」と慌てて付け足した。

フォローのつもりだろうが、墓穴しか掘っていない。ヴィルホが外国人嫌いという事実は差別に敏感になっている私でなくてもすぐにかぎ分けられるだろう。

しかしこういった差別や好き嫌いは、みんな道徳観を疑われるから公然と言葉や態度に出さないだけで、いくらでもはびこっている。誰だって自分たちが今まで極端に裕福ではなくても平和に暮らしてきたところへ、言葉も通じない仕事もしない外国人が大量にやってきて自分たちの秩序を乱し税金を食いつぶして生活保護で生きていると聞いたらいい気分はしないだろう。

実際そういう方向に移民問題を舵取りしている政治家も政党も存在し、彼らはなかなかに人気がある。私がその政党を支持していないだけの話だ。ちなみにヴィルホはがっつり支持している。

　というわけで知り合ってしばらくの間、ヴィルホとの付き合いは夫に任せ、私は親しくなることはなかったのだけれど、そのうち彼が離婚した、と友人伝《づ》手《て》に聞いた。

　あんなに幸せそうに見えていた家庭もいろいろあったのね、と寂しい気持ちにはなったけれど、そこまでごたごたしたわけではなくただ奥さんに「もう愛していない」と告げられたらしい。浮気が理由よりもよっぽど残酷だ。

　そうして彼らは離婚した。子供がまだ小さいのに、というのはフィンランドでは通用しない。早いからこそいいと考える人たちも多く、なおかつ小学校に入る前に、とか、中学校に入る前に、と急ぐ場合もある。ヴィルホの家庭もまさにそれで、上の子が小学校の前に通うプレスクールに入る前に、引っ越しが絡む可能性も考えて済ませてしまおう、となったようだ。

　持っていたマンションは夫婦共同購入だったので売りに出し、子供たちの環境が大きく変わらないようそれぞれ近所に引っ越した。その際夫が他の友人たちとともに引っ越しの手伝いにいったのだけれど、ヴィルホは貯金もあまりなく、なおかつ子供の通学ために人気エリアにとどまらざるを得なかったため、新居のアパート探しには大変苦労した後で消耗していた。

よっぽどのことがない限り離婚しても共同親権を持ち子供たちが両親の家を行き来するのが一般的なフィンランドでは、こういった問題がたびたび発生する。低所得者や一人親家庭には多少補助が出るようではあるけれど、ヴィルホの場合それらはたいした助けにならなかった。

浮気やギャンブル、アルコールなどが原因ではないのだから彼らは穏便に別れたものだと思い込んでいたけれど、小さなほころびは出てくるものである。

ヴィルホの厳しいシングル生活が始まる。

シフト制の肉体労働の仕事についている彼は、子供たちが家にいる週は仕事を抑えたり、夏休みに合わせて休みを取ったりと調整が大変そうであった。元奥さんと共同名義だった分譲マンションを売ったお金で多少余裕はあるのではないかと勝手に推測していたのだけれど、実際は購入してたった数年、ローンがかなり残っていたので手元に残った金額は少しだけらしい。

さらに子供たちが週替わりで来るので一人暮らし用の狭いアパートに移るこ

ともできず、新たに借りた賃貸アパートの家賃が彼の生活を圧迫し始める。

転職でもすれば少しは楽になるのだろうけど彼は大学を出ておらず転職をしようとするとまず働きながら学ぶか休職しないと厳しい。フィンランドにはそういうシステムもあり親でも大学や院に通うのはごく普通のことではあるけれど、シングル家庭で子供の世話もし肉体労働もしながらというのはなかなか簡単なことではない。

ヴィルホは離婚後しばらく、わかりやすく沈んでいた。少し輪郭が丸くなったのは甘いものやアルコールに逃げたのだと思う。

フィンランドには誰でも学べるシステムがある。誰でもキャリアチェンジやステップアップができる、というのは事実だ。しかしその誰でもできるはずのシステムに乗れずにいる人は？　何年も経ってステップアップできずに家族にも友人にも置いていかれる人は？　きっとしんどいのではないだろうか。

それでもヴィルホがぎりぎりのところで堅実に生活しているのを見て、私は少し彼のことを見直した。この頃には夫とヴィルホは仲よくなり、たまに会ったり家に招いたりする間柄になっていたから、彼のとがった性格に私も免疫がついてきたのかもしれない。ヴィルホは建築関連の知識が豊富で、我が家の修繕を有料で依頼して金銭的にサポートしたこともあった。

そんな折、春先に彼が食事制限をしている、といい出した。肥満体形でもなんでもないのにだ。

わけを聞いてみるとこういうことらしい。公務員の元奥さんは休暇も収入も充分にあり、今度子供たちをイタリア旅行へ連れていく。しかし二か月半にわたる長い夏休みの中で、ヴィルホが子供たちを預かっている間は元手も充分な休暇もなくどこへも旅行へ連れていけない。

まだ幼かった子供たちは小学校に上がり、休暇中にどんな大冒険をしたのか、学校で話すまでに成長した。お母さんにはイタリアに連れていってもらって、お父さんが近所の海だけじゃ面目《めんぼく》丸つぶれ、ということらしい。

そこで十月の秋休みに合わせて今からシビアな節約を始め、朝晩はオートミールの粥《かゆ》で済ませることにした、と。

フィンランド語でプーロ、特にカウラプーロと呼ばれるオートミール粥は、食物繊維、鉄分が豊富で安いものだと一キロ百円程度で買え、それを毎朝食べても二週間以上持つ。牛乳で煮ればカルシウムも取れるし、とても優秀な食品なのだ。よく貧乏学生のエピソードとして毎日プーロばかり食べていた、などと聞くけれど、それを大人になってもヴィルホはやっている。もちろん子供たちは成長期であるから通常通りの食事を取らせ、自分はオートミール食を続け、昼食の社食で他の栄養面を賄っているという。

私はその話に勝手に感動し、夫と二人してどうにか旅行のサポートができないかなどと話したけれど、そうこうしているうちにヴィルホは自力で目標金額を達成、見事に子供たちを南の島でのバカンスへと連れていった。異常に引き締まっていたヴィルホの体重もすっかりもとに戻り、日に焼けた顔で幸せそうにお土産を持ってきてくれた。

それから数年が経ち、その後も彼は、娘が体操を習い始めたり、息子がサッカー教室に通い始めたりと習い事が増えるたびに送り迎えに時間を割き、財布のひもを開け、有志の親によるボランティアで遠征に付き合い、と献身的なシングルファザーをしていた。

最近彼の息子が、青い家に住みたい、といい出したという。四角いアパートやマンションではなく、庭があって、外壁がムーミンの家みたいに青色で、森に近くて、と。

子供たちの友達と離れ離れになりたくないという希望を叶える限り、もしくは億万長者にならない限り、マンションばかりが立ち並ぶ人気エリアではそんな住環境は存在しないのだけれど、ヴィルホがまたプーロを食べ始めたらしいというのは夫から噂で聞いた。

絡むリタイア集団

私はその日、生まれて数か月の子を乗せたベビーカーを押して、ひと気もまばらなショッピングセンターに足を踏み入れた。

隣接するネウヴォラ、すなわち妊婦や幼児の定期健診をする施設、で第二子の診察を終わらせたばかりだった。オムツも全部外されての体重チェックや予防接種を受けた子は疲れたのか、ベビーカーの中でうとうとし始めている。

普段通りならさっさと家に帰ってひと仕事のチャンスなのだけれど、この日は保育園に通う上の子を数時間後にまた別の地域にあるクリニックに連れていくことになっていた。いったん家に戻ってもすぐにまた家を出ることになる。上の子のお迎えへは直行することにして、中途半端に余った時間をカフェで過ごすと決めた。

朝九時、この広大なショッピングセンターではまだカフェとスーパーぐらいしか開いておらず、立ち並ぶファストファッションや宝石店の間口にはシャッターが下りている。

広く取られた通路にはチェーンのカフェ店からコーヒーの香りが漂いエスプレッソマシーンの圧縮音が聞こえてくる。人は自然、そちらへと吸い寄せられる。

私もようやく目を閉じた子供に、どうか長く寝てくれますように、と願いを込めてベビーカーの幌《ほろ》をそうっとおろしカフェのレジへと進んだ。

子供を産んでからめったにカフェに入らなくなったので一瞬どうやって注文するのか自分でもわからなくなったかのような錯覚に陥ったけれど、私が注文するのはどこの店でも二種類に限る。アメリカーノか植物由来ミルクのカフェラテ。

迷う必要もなく今日のカフェイン摂取量に基づいてカフェイン抜きのラテにした。豆乳でラテができるか聞いてみたら扱っていないとのことだったので、オーツミルクでお願いする。

ここで飲む？　と聞かれ、子供が泣き出すかもしれないから、と紙カップをリクエスト。バリスタのお姉さんは、それわかるわ！　と笑った。実際は子供が多少泣こうが気にならないぐらいの心地よい雑音にカフェはあふれていたし、かしこまった店ではないので気にする人もそんなにいないのだけれど、用心に越したことはない。

窓際のカウンター席に腰かけて熱々のラテをすすり、ラップトップを開く。

オーツミルクで作ったラテは、ぽってりと甘く草の匂いを口の中に残す。牛乳で作ったものよりも私の胃には優しく、なおかつ家ではラテは飲まずにブラックコーヒー一択なので、これを飲むと自然に仕事のスイッチが入る。

しかし二十分も仕事しないうちにやはり子供がぐずり始めた。授乳は済ませていたので暑いかうるさいかで起きてしまったのだろう。私の席の周りには誰も座っておらず、少し離れたところに同じくラップトップを広げた男性と、奥の方に何組かおしゃべりをしている人たちがいるのみだ。

このまま座っていてもいいような気もしたけれど、一度子供を抱き上げてオムツで泣いていたとしたらそのままベビーカーに戻すのも嫌だなと思い、二階にあるベビールームまで引き上げることにした。バリスタのお姉さんと目が合い、やっぱり駄目だった、と肩をすくめる。

　二階へ上がるには長い通路の端にあるエレベーターまで行き、通路なかほどにあるベビールームまでまた上の階を引き返してくる形になる。その数分の間に子供は泣き止んでしまった。

　手元に残ったのはやりかけの仕事と紙カップ三分の一ほどのオーツラテ、それから半端な空き時間。カフェに戻るほどでもない気がして、二階通路にある一人かけベンチに私は腰かけ仕事を再開した。ここなら子供がまた泣いても周りを気にする必要がないし、いつでも立って散歩に出かけられる。

　仕事は思っていたよりも捗った。二階のこの通路は人通りも少なく、これから開店作業に入ると思われる各ショップの店員がたまに行き交うのみだ。中央部は吹き抜けになっていて、私がさっき出てきたカフェも一階の通路も出入り口も見下ろせる。テナントが集まらないのか不自然に開けたこの空間には一人用のベンチがいくつも置かれていて座る場所を見つけるのに困ることはない。

　しかし私のすぐ隣、たくさんベンチが並ぶ中でも一番見晴らしのいい席に誰かが座る気配がした。

おや、と思って視線だけ動かしてみる。というのもフィンランド人はパーソナルスペースを大切にすることでしょっちゅうネタにされているからだ。バス停での待ち時間中に隣の人と二メートルはゆうに間を空けて、しかもその間隔が見事にみんな等間隔、という写真がだいぶ前にネットで出回って世界で笑われていた。

もちろんこれは極端な例だけれど同じような光景は市井《しせい》で頻繁に見かけるし、フィンランドに住む人々が他人と袖《そで》振り合うことをそれぐらい避ける傾向にあるのは間違いない。

それなのにわざわざ隣に座る人とは、と目を向けると、ふくよかな高齢男性だった。今すぐにでも釣りに出られそうな感じのポケットがたくさんついた色褪《あ》せたジャケットを着ていた。杖をついているが背筋が伸びている姿が、うちにしょっちゅう遊びにくる義父と重なった。男性はすぐさま私の視線に気が付き目を合わしてきた。

「こんにちは、何をしているのかね」

目を合わしてきた！　というだけでも驚きなのに、なんと、話しかけてきた……！

若干《じゃっかん》ぶしつけな質問は、相手が私にはなからフィンランド語で話しかけてきたせいか、不思議と失礼な気がしなかった。やけに親しげだな、と警戒心は少し動くものの、どこから見ても異邦人の見た目のせいで最初から英語で話しかけられることが多く、フィンランド語で話しかけられるとそこに住んでいると認められるようで少し嬉しいのも事実だ。

「こんにちは、ちょっと仕事をしているんです」

仕事をしていた、と意図的に過去形にはしなかったのだけれど、相手には通じず会話は続行した。

「仕事というのは？」

初対面でこんなに根掘り葉掘り聞いてくるのも珍しい。こういうタイプはもしかしたらフィンランド中に生息しているのかもしれないけれど少なくとも私の周りの高齢者、つまり夫の親戚や友人の両親なんかには、ここまでなれなれしい人たちはいない。自分は品のいい人たちに恵まれていたんだな、とこの数分後に悟るのだけれど、このときは単純に答える義務はないと判断した。

「まあいろいろ。さっきカフェでコーヒーを買ったとたん、子供が泣き出しまして。それでここに座ることになったんです」

話を逸らそうとどうでもいい情報を与える。

「そうか、子供は何歳？」

「何歳というか数か月です」

「こっちに住んで何年？　出身は？」

これにも答える義務はないのだろうけど、正直に日本と答えるとさらに質問が続く。

「日本から！　どうしてフィンランドに住むことになったの？」

そこへ、もう二人の高齢男性がやってきた。一人は中肉中背、最初の男性よりかくしゃくとしていて、着ている上着もツイード仕立てと質のよいものに見える。キャスケット帽をかぶっているのが粋に見えた。あと一人は車椅子、肩までの白い髪を後ろで一つに結んでいる。男性たちは、よう、と軽い挨拶だけを交わした。

二人目の男性、すなわち男性2、は、一人がけのベンチをずるずると床を引きずって移動させ、傍に持ってきて座る。その隣に車いすの男性、男性3、も落ち着いた。

最初の男性、すなわち男性1、が私を指して「こちら、日本から来た方でフィンランドには○年も住んでいるんだと」と紹介をすると、他の面々の名前まで教えてくれる。なんだかへんてこな集まりに巻き込まれたぞ、と変な構図に内心にやにやが止まらない。

実はこれによく似た会は何例も知っている。例えば我が義父は地元でお気に入りのカフェがあり、そこへ毎日のように出向いてはリタイア仲間とコーヒーを飲んでおしゃべりに花を咲かせている。うちの近所のイタリアンには毎日決まった男性集団がやはりランチ前の忙しくない時間にエスプレッソをすすりに来る。スーパーの隅にあるイートインコーナーにも、朝早い時間に行くと杖や手押し車、買い物カートを手にいつも集っている高齢者グループが二、三見つかる。

このショッピングセンターの男性たちもきっと、毎日のようにここで会っているのだ。その証拠に彼ら同士は首肯程度の挨拶しかせず、今日のホットトピック、東洋からやってきた美女に注目しているではないか。

しかし私はさして楽しい話題は提供できないので、さりげなく自分から話を逸らし、今さら輪の中から立ち去れないプレッシャーの代わりに彼らの話に耳を傾けることにした。

男性2がいう。今日はおふくろの九十四歳の誕生日なのだ、と。一同、おめでとう！　と顔がほころぶ。

男性1は聞く。おっかさんはどこに住んでいるのか。

男性2。実家は◯◯だけど今は老人ホームさ。

男性1。それって高いの？

男性2。いや、食事付きの値段が一日◯ユーロで介護付きならこうこうこうで……。

どうやら男性1はインタビュアー役らしい。赤の他人の面前でよくもそこまで聞くなと感心する一方、男性2もよく答える。男性3は私同様それをただ聞いたり、少し口をはさんだりする。

数分もしないうちに、私は彼らの生活、住んでいる場所や出身地を知ることとなった。聞いている分には興味深いしフィンランド語の鍛錬にもなるのでいいのだけれど、タダほど怖いものはないと先人たちはいう。そのうち話題の矛先がまた私に向いてきた。

「で、フィンランドに住んでいるのはどうして？」

出た、インタビュアー男性1。隠すようなことでもないので答えることにする。

「夫がフィンランド人なので」

すると男性たちは急に色めきだった。

「へえ！　どうやったら俺も日本人と出会えるのかな」

本気かどうか、または彼がシングルかどうかは定かではないけれど、その質問になんとなく侮蔑《ぶべつ》の気配をかぎ取って私は鼻白んだ。日本人をターゲットにする理由はなんだろう。考えたくもない。

「さあ、出会い系サイトにでも登録すればいいんじゃないでしょうか」

「アジア人を求むフィンランド人、って？　見つかるかな？　俺まだまだ現役でセクシーな子が好みなんだけど」

にやついてじりじりと脚を開く男性1に対して男性2はあからさまにはらはらと、男性3は見物人の顔をしてこちらを見ている。これはそろそろ人を呼んでもいい案件。

代わりに私は立ち上がって、ではごきげんよう、とその場を去った。

後日この話を夫と友人たちにすると異口同音《いくどうおん》に、次からは警察か警備員を呼ぶと脅せ、といわれた。

この程度のハラスメントは日本では日常茶飯事《さはんじ》で変に免疫がついてしまったけれど、この程度で止まるとも限らない。そうしたらこちらでは通報レベルとのことだった。黙って聞いているからなめられるのよ、と憤慨する友人もいた。それはまあ、その通りだとは思う。

しかしあの会話の最後の方さえなければ、外国人である私が彼らの時間を搾取して会話練習に利用したという見方もできる。実際こうしてネタにしているのでまあよしとする。

とあるフィンランド人一家の四半世紀

最近家を買った。なんてことない、都市部ではありふれたテラスハウススタイルの中古の集合住宅である。それでも今までの「どうせ旅行が多いし仮住まいで」といったスタンスの家ではなく、長年住める家をと二年以上をかけて空き家広告をまめにチェックしたり内覧会に足を運んだり、気になる地域に出かけて行って公園や歩道の使いやすさを調べたり、はたまた不動産屋の担当者にお願いして不動産情報サイトに広告が出回る前に情報を回してもらったりとじっくりと選んだ。

運命の家はしかし、まったく別の筋から我が家へやってきた。夫が福利厚生の一環で会社からもらえる無料チケットを消費すべくフットマッサージに行ったら、そこのフィンランド人のマッサージ師と市内のどこの地域が住むのにいいかという話になった。夫が候補地にしている地域の名前をあげ、「でもあの地域ってマンションだらけで庭付きのテラスハウスはめったにないんですよね」と嘆くと、「そういえば友達が今度売りに出すっていっていたわよ」という話になり、そのお友達を紹介してもらったという経緯だ。

この国ではコネがものをいう場面がたびたびある。転職活動も人気のポストや企業ではコネ雇用が多く求人市場に情報が出回る前に空きが埋まってしまうという。そういえば私が会社員として働いている企業でも、フィンランドではそれなりに知られた企業ながらおそらく何十年も求人広告など出しておらず、私を雇おうとした際も知人の知人から話が回ってきた。

物件を買うのも不動産屋に今の資産情報を知らせ、銀行とローンの借り入れの約束ができていたり持ち家の資産価値の算出が終わっていたりすると、市場より一日早く情報を開示してもらって内覧の約束を取り付けることができる。仕組みを知っていたり、コネがあったりすると得意げになれるけれど、そうじゃなくてなかなか見つからない場合は「きっと人気の物件（求人）はもうコネでどこかに流れちゃったんだな……」といじけたくなる文化だ。実際、私も最初の就職活動のときなかなかうまくいかずいじけていた。

さて、そんなコネというか幸運のめぐりあわせで、候補地にあるテラスハウスを見せてもらうことになった。

私たちの新居の売主は、五十代の女性ヘレナだった。旦那さんと、独立しつつある子供三人と十八年間この家に住んでいたという。

季節は一月。家の内覧にはあまり向いていない時期だ。庭は雪に埋もれ、部屋の中はどれだけ照明を駆使しても薄暗く見える。

案の定その家を見せてもらったとき、私たちは一目では気に入らなかった。少し予算オーバーだったのも大きい。しかし売主が急いでおらず、一年半後に建設予定の近所のマンションに移る予定だとのこと、さらに他にも候補者がいて見学を申し込んでいるとのことで、買うともいらないとも返事をせずにおき、しばらくは他の物件も見て回った。

事情が変わったのはその後である。

もともとあったリモートワーク文化が感染症の流行によりますますフィンランド全体に根付き、どうせ家にいるならと独立した仕事部屋と子供部屋、さらにちょっとした癒しになる庭がある物件の人気に火が付いた。

我が家もまさにそういう物件を探していたのだけれど、あっても希望の地域では予算オーバーか、予算内だとしてもコネで見せてもらった家よりも見劣りする。最近の流行なのかオープンキッチンでLDK一体型のわりにリビング部分が狭かったり、庭といっても三畳分ぐらいの狭さだったり。これなら前に見たあの家の方が価格設定も妥当だし住みやすいよね、と売主に再度連絡して、また中を見せてもらうことになった。

そして見学の末、完璧なドリームハウスとはいわないけれどどこの家ならしたかったことのほとんど、すなわち庭でのバーベキューやゲストに舞台裏を見せないで料理、独立した部屋での仕事など、を実現できると購入を決めたのだ。他に購入希望者がいると聞いていたけれど、売主の女性ヘレナは「あなたたちに決めるわ」といってくれた。

知人の紹介だったから、ここからは個人間の売買取引となる。

これも割合は少ないけど珍しいことではなく、大手中古品売買サイトにアンティーク食器やがらくた家具と並んで家や車が売られているのは普通のことである。個人間の取引では相手が詐欺を働いていないか、売られているものがきちんとしたものかを見極める労力は発生するけれど、業者が介入したときの手数料が発生せず、相場よりも少しだけ安く購入することができるという利点がある。契約の場も自分たちで手配した。

銀行の個室で売主であるヘレナと、買主である私と夫と最終的な売買手続きをする際、銀行員が書類のコピーのため数分間席を外した。ヘレナとは二度の内覧とその後の書類作成作業などですでに何度か顔を合わせているため、すっかり顔見知り、親戚のような間柄になっていた。

真っ白いテーブルと、ガラス張りの銀行の個室で向かい合わせになってふと会話が途切れたとき、ヘレナは手元の用意された物件の権利証を撫でた。そこにはそのテラスハウスが建てられた際の持ち主の名前と当時の価格、それからその後にオーナーとなったヘレナの名前が書かれている。販売当初の価格はなんと、ユーロではなくユーロ統一前のフィンランドの通貨・マルッカ表記だった。二十年以上前に建てられた物件だから当たり前なのだけれど、その歴史に私が目を丸くしていると、ヘレナは家族と家の歴史を少し教えてくれた。

最初にその物件を購入したのは彼女のご両親なのだそうだ。そのご両親が階段のある大きな家はもういらないと田舎へ移る際にヘレナ一家が買い取り、十八年間住み続け幼い子供たちを育てたという。

そんな子供たちはもう成人し、上の二人はそれぞれ家を出て、一番下の娘も夏の進学と同時に出る予定である。

旦那さんはリタイア済みで、これからは階段の昇り降りが難しくなる可能性もあるし、子供部屋もいらなくなるため、もう少し小さめのマンションに、しかしこの地域は便利で住み慣れているから同じ地域内で引っ越すことを決めたようだ。

子供部屋は当初三部屋なかったので、ウォークインクローゼットをリフォームして第三の子供部屋にした。夏の暑い日には子供たちはガラス張りのバルコニーの窓を全開にしそこにあるソファベッドで眠った。書斎の入口には夫が運動不足解消のために設《しつら》えた懸垂バーがあり、もしよかったら退去のとき残していってあげる。庭のリンゴの木は毎年美味しい実を実らせるけれど、今年に限って不作だった。できすぎて困ることもよくあったんだけど、などなど。

フィンランドでは家を建てて、もしくは若いうちから終の住処を見つけてそこにずっと住むという考え方をする人は少ない。成人した子供が独立するのが前提なのでそのタイミングやリタイア後、肉体的な老いや障害がやってくる前に、自分の管理できるサイズの物件に移る人が多い。

ヘレナが十八年住んだ家は、おそらく彼らが今まで住んできた中で最長の時間を共にしてきたのだろう。そんな思い出たっぷりの家を売ってくれることに改めて感謝した。

そういえば最初の内覧にヘレナの家を訪れた際、幼い子供たちを預ける先がなく仕方なく連れていったのだけれど、ヘレナはなかなかお行儀よくできないうちの子供たちにも嫌な顔をせず優しい顔で見つめていた。もしかしたら彼女自身この家に移った当時のことを思い出したのかもしれない。見学が終わって身支度させる際も、「ここに座らせるといいわよ、うちもそうしてたから」と支度にてこずる私に笑いかけた。他の見学者に決めなかった理由も、それなのかも。

その後、売買の手続きが終わってもヘレナとその旦那さんは決められた退去日まで住み続け、その間我が夫がリフォーム計画のために各種業者を連れて家を訪れた際も快く通してくれた。自分が長く親しんだ家を変えられるなんて売却済とはいえ気に障らないのだろうかと私はひそかに心配していたけれど、「そのリフォームいいわね、完成したらお披露目《ひろめ》に呼んでくれる?」と笑っていたそうだ。

そんなわけで私たちの新居にはすでにご近所にお友達がいる。家のことならなんでも聞ける、心強いお友達である。

よそよそしい街

そのカフェは午前中に行くとすいている。当時自宅のあったヘルシンキ内の島から、海を見ながらずっと歩きたいときの散歩道の途中にあり、たまに寄っていた。

繁華街へは歩いて行ける距離だけれどわざわざそこから流れて来るほどでもない。春になって雪が完全に解けるのを待たない頃からせっかちに開くテラス席は人気のようだったけれど、寒がりな私は使ったことがなくいつも静かな店内の端っこでひっそりと読み物をしたり書き物をしたりするのみだった。

座席はレザーソファ。長くいると蒸れて不快だけど席を離れるときを静かに教えてくれる優秀な素材だと思う。コーヒーの味はよい。ヴィーガンメニューも多く扱っているのでそっち方面の人たちには人気のようだ。

もう一つこのカフェには、そろそろ席を離れるときと教えてくれる存在がいた。十時半のランチ時間準備からシフトに入ると思われる女性店員だ。

私は彼女のことが苦手なのか好きなのかわからない。少しふくよかな体つきに、眉もアイラインもつけまつげもマスカラもしっかり引いたメイクは、私と遠いところにいる存在に思えたけれど彼女の方は朗らかに話しかけてくる。

私が日本人だと知って、日本に行きたいと顔を輝かせる様子やシフトに入ってきたときに客席に私を見つけて合図してくる様子は少女のようでかわいらしかったけれど、フィンランド語が得意でなかった私に合わせて話してくれているはずの英語にはどこか、ほんのわずかに高圧的な響きがあった。

なので私がそのカフェを一人で利用するときは朝早いうちにコーヒーを一杯、それで退散するようになっていったけれど、たまにゆっくりしすぎたり彼女のシフトがいつもと違っていたりすると彼女に見つかって話しかけられることがあった。

あるとき彼女が私に聞いてきた。

「ねえ、なんで東京からヘルシンキに引っ越すことにしちゃったの？」

彼女はネット世界をのぞいて唯一知っている日本人である私にこれまで、東京がどんなに素晴らしく行きたいところがあるかを一方的に語っていた。世間話程度だったし相手が好意的に話しかけてくるのを邪険にできず私も応じ、結婚でこっちに来たことは話していた。

しかしこの日の彼女は世間話の柵《さく》をひょいと超えて、なんでヘルシンキなんかに、というニュアンスたっぷりだった。私としてはまずは暮らしてみないことには判断できぬ、というまっとうなようで身軽な気持ちしかそこにはなかったのだけれど、彼女は、

「それって『もったいない』よ」

と日本好きらしい言葉を持ち出す。

「東京は都会、ヘルシンキは田舎。せっかく都会に住んでいたのにこんな田舎、生きにくくない？」

と。彼女のきれいな水色の目の端にとどまった笑みは私を気遣っているようで暗に、私を都落ちした人間だと匂わせているようだった。

彼女は当時ロンドンに住んでいる外国人の彼氏と遠距離恋愛中だった。彼氏

はフィンランド人でもなくイングランド人でもない。しかし外国人としてロンドンで立派にやっており、仕事もある。賃貸だけどフラットもある。将来的にはフィンランド語を話せない外国人である彼氏がフィンランドにやってくるより彼女がロンドンに行く可能性が高くそれを視野に入れている、とのことだ。ロンドンもたびたび訪れたらしい。

彼女はそんな身の上話をエプロン姿で私のテーブルの傍らに立ったまま教えてくれた。

「フィンランドは、私の出身地の田舎町じゃ田舎すぎるしヘルシンキは私にはよそよそしいのよね。ロンドンの方が楽なの」

ロンドンは、都会だ。見る人によって意見は違うだろうし私の初期の印象は「東京に比べて公園がたくさんあってのんびりだなぁ」だったけれど、ヘルシンキより規模の大きな都市なのは間違いない。劇場だって店だってカフェだってレストランだってたくさんある。私の大好きな街の一つである。

しかしそれに比べてヘルシンキが生きにくいかどうかは私には判断しかねてしまう。どこの国でも監視社会や野次馬主義は窮屈だとは思う。しかし大きな都市に行けばすべてのしがらみから解放されてすべてが上昇というわけでもないだろう。第一その土地に生きるというのはある意味、しがらみがないところからスタートして、しがらみを築いていくことでもある。

カフェの店員と客の世間話の中でそのすべてを伝えるのは難しいしそこまでの仲でもない気がして私は指摘しなかった。「そうかもね」と答えると彼女は満足げに他の空いているテーブルを拭きに行った。

それから数か月して彼女を見かけなくなった。他の店員からロンドンに引っ越したのよ、と聞き私はほっとしたものである。私は私の朝の平穏さえ守られれば他人の彼女が異国の地で苦労しようが幸せに暮らしましたとさな結末を迎えようがどうでもよかったのである。

そこから数年。私は引っ越し、子供も抱え、なかなかカフェにふらっと立ち寄ることもなくなった。しかし久しぶりにそのカフェの近くを通りがかりまた寄ってみようかなと何気なく中をのぞいてみたら例の彼女がいる。ぎょっとした。彼女との何気ない会話は私の中で思っていた以上に長年引っかかっていて、たまにひゅっと思い出しては何でもっとうまくいい返せなかったのかと眺め回す思い出の廃材みたいになっていた。

カフェのガラス扉を押しかけた手を引っ込める前に、彼女の方が私に気が付いた。輝きを増す水色の目。満面の笑み。ここで踵《きびす》を返せる人間になるには私は小さすぎた。

まあ数年経ってるしな、と私は中に入り、数年前と変わっていない手順でカウンターで飲み物を頼み、支払った。

今日もカフェはすいていて彼女が私の飲みものを作るやいなや、「運んであげる」と笑顔でテーブルまで付いてきた。

「おめでとう！」

私が小さなカフェテーブルの横に赤子を乗せたベビーカーを停めると、彼女は心底嬉しそうにそういってカフェインレスのコーヒーをベビーカー側から最も遠いところに置いた。素晴らしい配慮だ。

「あなたお母さんなのね！」

その赤子が二人目だとは会話に水を差すような気がしていわないでおいた。

「ありがとう。あなたはこっちに戻ってきたの？」

赤の他人ではあるが不幸を祈った間柄でもない。相手も何か幸せな報告、栄転や妊娠、はたまたただの休暇などを携えて再びこの地にやってきたのかと期待していると、彼女はあっけらかんとしていった。

「そうなの、またここでカフェ店員。夫とは別れちゃった」

聞けば彼に合わせて引っ越していった彼女の苦労を彼は理解してくれず、俺は自分一人でこの土地でやってきただのといってのけるタイプの男性だったらしい。彼氏ではなく結婚までしていたのには驚いたけれど、身軽に舞い戻ってきて同じ職場に収まっている彼女のたくましさにも驚いた。

彼女はそのまま私の向かいの席に座って話を続けた。きっと、ずっと誰かに打ち明けたかったのだろう。フィンランドに暮らすフィンランド人ではなく、海外での暮らしの苦労を分かち合えるはずの誰かに。

彼女はロンドンで苦労してショップ店員の仕事を得た。差別もひどかったけれどなんとか頑張った、でも同僚の一人に我慢がいかなくて辞めてしまった。職場からのつながりで友達も増えたけど、ある程度知り合いが増えるとそこで頭打ち。行きづまった感じがして果てしなくつまらない。そこからもうひと踏ん張りしない彼女を元夫は認めようとしなかった。そういうことらしい。

海外で日々奮闘している身として一部わかるけれど、よく聞く話でもある。都会に憧れて出て行って出戻りになるのもさして珍しくはなく、友達だったら「だからいったのに」とでもいえたところをそういえば私は移住前の彼女になにも助言はしていないのだった。あえて波風を立てる必要もなく今回もだんまりを決め込むことにした。

もしかしてこれが彼女のいう、「ヘルシンキはよそよそしい」なのかもしれない、だとしたら私は立派にフィンランドを生き抜いている。

第5章

どっぷり暮らせど謎はつきない

モテ男の条件

夫の出身地である地方都市の町のはずれを車で行く。近郊の都市まで伸びる幹線道路からはずれ、ガソリンスタンドと小さいコンビニサイズのスーパー、それらを必要とする客たちが何年も住んでいる住宅街。

そこさえ抜けると雑木林とその向こうに湖が見え始め、フィンランドの退屈で何もない典型的な風景が広がる。何もなさそうではあるが道路はやけに新しい。この先に新興住宅街があるからである。

「アポなしで本当にいいの?」

今日三度目になる疑問を、隣で運転している夫にぶつけてみた。

「大丈夫、大丈夫」

何度聞いても答えは同じなので、まるっきり信用したわけではないけれど、そういうわけなら私は知らんと責任はすべて夫に押しつけることにした。車は間もなく目的地の駐車場に到着。

できあがったばかりの二階建ての一戸建てが等間隔で並んでいる地域だった。屋根は黒で壁は白。明かりの灯る棟番号が外壁についていなければ同じ建物だらけであっという間に迷子になってしまいそうな場所だ。

夫はそのうちの一棟の番号を確認し、ドアベルを鳴らしたのちにやりと笑って独特なノックまでした。タタッタ、タラッタ、タン。彼らの間だけで通じる合図らしい。

出てきたのは夫の友人マイクである。同郷の旧友であるマイクは最近この新築建売住宅を購入した。一時はヘルシンキやその近郊の街に住んでいたこともあったけれど、この出身地に居を構えることにしたようだ。

背がひょろっと高くきれいな青い目をしたマイクは、「一見モテそうに見えるけれどモテない」というのが夫や周辺の友人の弁である。一緒に住んでいる彼女もおらず四十近くになってもシングルを貫いている。つまりこの真新しい家にも一人で住んでいるのである。

独身男性の一人暮らしの家に、いくら家族のように親しいからってアポなしで訪れたら、相手を困らせるのではないかと私は心配した。この日は普通の土曜日だった。私たちはたまたま帰省し夫の実家を訪れていて、そういえばマイクが引っ越したんだって行ってみようぜ、といきなりやってきたのである。

しかしマイクは夫と私を見て若干驚きはしたものの、狼狽《ろうばい》するわけでもなくすんなりとドアを広く開け私たちを中へと促した。独身男性の家だったら片付いていなかったり隠すべきものがあったりするんじゃないかという私の失礼な思い込みはまったくはずれていた。

吹き抜けになっているリビングの一面は大きな窓で、光がたっぷり入ってくる。陽光のせいだろうか、秋なのに家の中は随分と温まり、汗ばむぐらいだった。小ぶりのソファと映画好きのマイクの趣味であるDVDがつまった本棚のあるリビングはまったく散らかっておらず、当時まだ子供がいなかった我が家の方が雑然としていたぐらいである。

またきれいさ以外にも特筆すべきものがこの家にはある。それはアーケードゲーム、つまり八十年代のゲームセンターにあったような大型のゲーム機が何台も並んでいることである。

マイクは音楽関連の仕事をしていて、ゲームへの造詣《ぞうけい》も深い。いや、深いというよりフィンランドではちょっと名の知れたアーケードゲーム収集家で、オタクだ。

かといってジメジメする家の中に引きこもってばかりいるようなタイプではないのだけれど、彼の情熱のほとんどがゲームに注がれているのは明らかだ。

ピカピカの家の中のそこかしこに古ぼけたゲーム機があった。

プレイヤーが立って遊ぶ、アップライト型のゲーム機が多く、ダーツゲームやコイン落としゲーム、ボールをはじく元祖パチンコのようなテーブル型ゲームもある。それらは普段電源を切られてはいるが、すべてのマシンの電源を入れるときっとやかましいだろう。

そんな風変わりな家であってもフィンランドの慣習でお家ツアーが繰り広げられる。真新しいテクノロジーを取り入れた家の説明と古いゲーム機の説明が行き交うのだからせわしない。

しかし驚いたのはどこも汚れたり散らかったりしていないことだ。しかもインテリアの趣味もよく、白と淡い色のパイン材を合わせた家具でまとめており、布張りのソファにはカラフルなテキスタイルのクッションが置かれている。

二階の彼のスタジオ設備やサウナも見せてもらって一階のキッチンに戻ってきた。グレーのタイルが敷かれたキッチンはもちろん最新設備、オーブンや食洗機はもちろんのこと電子レンジもすべて棚に備え付けられておりうらやましい限りだった。また隅には映画館やお祭りで見るようなポップコーン製造機があり、ただ新しいだけでなく彼の趣味も反映された居心地のいいキッチンだった。

そのキッチンのカウンターに焼かれたばかりのパンが天板に載せられ、布をかぶっていた。

「さっき焼いたばかりだけど、食べる？」

マイクが布をめくって中を見せてくれる。フィンランド語でサンピュラという四角い（丸い場合もある）柔らかいパンで、英語ではバンズと呼ばれているベーシックなパンだ。

フィンランドでは名物の黒くて硬いライ麦パンばかり食べているかというと

必ずしもそうではなく、この柔らかいサンピュラも人気で、サンドイッチやバーガーによく使われる。

マイクの作ったサンピュラはライ麦粉と小麦粉の生地に、ほうれん草とドライトマトを織り込んだものと、チーズとハムを織り込んだもの、二種類あるという。どちらもつや出しの卵は塗られておらず、ざらりとした打ち粉の下から黄金色の顔をのぞかせてなんとも美味しそうだった。

突然現れた私たちにきれいな部屋を見せただけでなくパンまで焼いているなんて！　と私はマイクの生活力に脱帽した。

正直それまで何度か会った程度ではちょっと控えめなゲームコレクター、ぐらいにしか思っていなかったけれど、マイクの株は爆上がり。彼はお酒もあまり飲まないし仕事も真っ当だし、太ってもいないしこれがモテないというフィンランドはどれだけ厳しいのかと愕然《がくぜん》とした。

陰でこそこそ噂話できないたちなので思ったままにそう本人に伝えると、当のマイクは白い顔をピンクにして照れ、「ありがとう」とはにかんだだけだった。

その後彼は私たちに熱いコーヒーとできたてのパンにバターを塗ったものをふるまった。どちらも美味しくいただき、私はマイクに彼女が一向にできないことに首をかしげるばかりだった。

しかし今になって考えるといくらほめちぎろうが「なんであなたがシングルなのかわからない」というい方は、相手に「ここまでやっても結局モテないよね」とばっさり切っているようで余計なお世話だったかなとも思う。

その後夫にフィンランドでモテるのはどういうタイプか聞いてみた。モテるタイプではない夫は少し悲しそうに遠くを見ながら「スポーツ系、高身長、話がおもしろいやつ、かな。まともな仕事があってアルコール依存がなければ尚可」と教えてくれた。マイクは高身長だけれどスポーツマンには見えないしシャイな方だ。

逆に私が今まで見てきたモテている人というのは、確かに弁が立つというか、いろいろ話題豊富でずっと話し続けられ筆まめ、女性ともこまめに連絡を取るようなタイプだった。週末や休暇は趣味のスポーツにいそしむが、体力があるのでその後デートもできるし彼女や彼女予備軍を自分の趣味の世界に取り込むような陽気なエネルギーにあふれている。

まあ、その人の場合はそんなまめさから構ってほしいお姫様タイプの女性が寄ってきやすく結局数か月付き合ったのちに別れるというオチもあるのだけれど、それはそれ。比較するとマイクはなかなか理解されにくい趣味を持っているので難しい、というわけだ。

パンが焼ける、家事ができる、持ち家があるというのはポイントにはならないのかと聞いてみるも、夫曰く「それはわりと普通のこと」なのだそうだ。もちろん料理をしないタイプの男性もいるのだろうけれど、必要最低限の家事はみんなできるし、料理もパンを焼くのもまったく珍しくはない。私が知っている中で料理を理由にモテていたフィンランド人男性は、有名レストランの料理人ぐらいである。

持ち家も若いうちから購入するのは珍しくないし何度か買い替えるので一世一代の大勝負、というわけでもない。

というわけで控えめで穏やかな性格のマイクは日本のように家事をする男性

が重宝がられる土地でこそモテそうな気がする。いつか彼を日本に連れていってどうなるか見てみたい気もする。

ご近所警備員

私が四年ほど暮らしたヘルシンキのはずれにあるテラスハウスは築三十年越えの物件だった。

テラスハウス（長屋）というのだから隣人は壁が隣り合う人同士のみ。それも三戸で一棟の建物がいくつも立ち並び、隣の棟とは裏庭や通路、芝生をはさんで騒音やたばこの煙などのご近所トラブルが起きにくい非常にのびのびした環境で気に入っていた。最初は二年ほどの仮住まいのつもりだったものの、長くとどまることになったのもこの気楽さが一戸建てさながらだったからだ。

そんなテラスハウスのコミュニティは全部で四十戸ほどからなる。その三分の一ほどの家庭は、この一帯が森から開拓され住宅地となった当初から住んでいる大先輩方である。働き盛りのときにここを買い、子供たちを独り立ちさせて老夫婦だけで住んでいるリタイア世代だ。

あとの三分の一はここ十年以内に入居してきた我が家のような子育て世代。あとの三分の一は一人暮らしだったりカップルのみだったりシングル家庭だったりする。こう書いてみるとなんともバランスのいい構成だ。

リタイア世代が多いご近所というのは常に誰かの目があるので防犯上とてもいいのよね、と先輩ママにいわれたことがある。いわれてみればその通りだ。

住民共有の遊び場で昼間から子供を遊ばせていると、庭仕事や掃除に精を出すご近所さんとよく会う。挨拶をするうちに一言二言交わすようになり子供の顔も覚えてもらえ、安心感がある。同じ子育て世代とはもちろんのこと、リタイア世代も一緒に子育てを見守ってくれるような連帯感があった。

しかしだ。もちろんおせっかいな人というのはフィンランドにもいる。

このテラスハウスコミュニティで組んでいる自治体には自治体委員会のようなものがある。住民の中から立候補で集められた五、六人ほどのグループで、毎月集まってはメンテナンスをどうするか、壊れた個所をどう修繕するかなどを話し合う。

この自治体のトップを務めていたのが、建設当時から住んでいるというリタイア組のオッリである。彼はなかなかの曲者《くせもの》だ。

まず目つきがよろしくない。人をじろりと見る癖がある。背が高くなく肩までの白髪をきれいに切りそろえて一つに結んでいる。

彼はこの自治体のことならなんでも知っている。というか知っていたい、そういう人物らしい。

入居間もなく我が家の外についている倉庫の屋根から雨漏りがあった。自治体で雇っているメンテナンス会社があるのでそちらに修繕の依頼の電話をするとなぜかこのオッリがやってきた。まずは様子を見にきた、という。

自治体共有のものが壊れて修繕する場合、その修繕費は共有の積み立て費から出る。ここが多少ややこしく、倉庫はうちのものではあるけれど、修繕の管轄は自治体となりその是非を判断するのは自分の仕事と彼は思っているらしい。

我が家の倉庫の屋根を見にきたオッリは果たして、この程度の雨漏りなら軽い修繕で大丈夫と判断してメンテナンス会社に修繕方法の指示を出した。

後からわかったことだが同じように倉庫の老朽化が進んでいた家はいくつもあったにも拘わらず、オッリが積み立て費をケチりたいあまりに自己判断で揉み消したり修繕を後回しにしていたのだ。おかげで数年後に何軒もの家が大規模修繕するはめになり逆に費用がかさんだ。

同じようなことはたびたび起こった。ガラス窓の交換。雨どいの修理。誰かの家で何かを直すのに業者を呼ぶとオッリが不機嫌そうな目を光らせ湧いて出てくる。連絡もしていないのに、だ。一体どうやって情報を得ているのだろう。

私たちより前からいる同じ子育て世代の男性とこそこそ話をしたところによると、どうやら彼はメンテナンス会社に自治体の長である自分に最初に報告を入れるようにと日々強調をしているようだった。そうやって各戸のトラブル時にやってきて何もいわずに解決してくれるならヒーローになれるのだけれど、オッリはただそこにいて「事がうまくいくのを見守る」だけである。つまり作業の邪魔。業者にも煙たがれて、「あのおっさんなんなの」とこっそり耳打ちされる始末だ。私だってなんなのか知りたい。

他にも彼は自治体委員会の開催される日、会議室になる共同ルーム（住民が予約制で自由に使える部屋）を会議の始まる十八時より二時間前の十六時に必ず見回りに行く、という習慣がある。

共同ルームは長テーブルと椅子が何脚か、それから簡易キッチンがあるだけのがらんとした空間である。お誕生日会なんかに利用できるのだけれど使う人はそう頻繁におらずいつも整頓されている。しかし彼はきっかり二時間前に見回ることを厳守している。先祖に誓いでもしたのだろうかと疑うほどの徹底ぶりだ。自宅警備員か。

悪い人ではないのだろうけど、煙たがられるってこういうことなのねー、と絵に描いたような人物で辟易《へきえき》していた。業者を呼べばオッリ。通路に出ればオッリ。

しかし幸いなことに周りの住民も同じ気持ちだったので、次の自治体委員会の委員長選びの選挙のとき、まったく別の人物をみんなで推してオッリには長という役目から降りてもらった。これで少なくともメンテナンス会社に逐一連絡させるような勝手はできなくなる。

ただ悲しいことにこれは何もこのコミュニティに限らずフィンランドのどこでも起こりうる現象らしいのだ。

義母が所有しているマンションにも毎朝九時に出てきて三棟あるマンションの周りを見守り、共同スペースにあるベンチに座り、誰かが共有エントランスから出入りするとすかさずやってきて挨拶という名の詮索《せんさく》をおっぱじめる高齢女性がいる。昨夜来ていた客は誰なのか、今からどこか出かけるのか、などなど警察さながらだ。

しかもやっかいなことにこちらのケースは女性二人組の自宅警備員らしい。もとは三人組だったのが仲間割れして二人組になったというのだから、どうでもいいドラマがその背景には隠れていそうだが本当にどうでもいい。

また私たちの住んでいたテラスハウスにはオッツリ以外にもさらに、八十歳を過ぎて元気いっぱいのおばあさんが「二階の窓から遊び場やみんなの庭や家がよく見えるのよねー」と公言してはばからないなど次なる脅威が待ち構えている。

私はこれらの人々をしばらくの間、引きこもりとはまた別の意味で自宅警備員と胸中でこっそり呼んでいたけれど、フィンランド語にも名前があるらしい。「kerrostalokyttääjä」、直訳してマンション（アパート）ストーカー。高見から周りをうかがっていそうな名前がぴったりである。

離婚後の共同作業

　ピンク大好きを卒業した九歳のリルヤの、それでもまだディズニー映画「アナと雪の女王」に影響されていると思われるライトブルーと白の飾りに囲まれたお誕生日会は、彼女の近所にある児童館を借り切って開催された。リルヤが着ているドレスは黒のレースで大人っぽく、私の友人であるお母さんもおそろいの黒のマキシワンピースを着て二人ともよく似合っていた。

　平日は日本でいう学童保育のような役割を果たしている児童館の建物は、休日には無人となるためこのようなパーティーやレクリエーション、ワークショップ用に市民ならお手頃な値段で借りることができる。室内は子供用のトイレやおまるを備えたトイレ、おもちゃ完備の遊び場はもちろんのこと、簡易キッチンもあるためパーティーには便利だ。

この日集まったゲストは生後八か月から上は七十代まで。誕生日ケーキのろうそくも吹き終わり、お菓子や軽食を食べてみんな思い思いに談笑している。子供たちは室内のおもちゃに早々に飽きて外の公園に飛び出していったけれどなんせ児童館の庭、遊び場なので遊具の安全性はばっちりだし、窓から様子が見えるのも親にはありがたい。

リルヤのお誕生日会に参加するのは私にとっては二年ぶりだったため、以前も同じパーティーで顔を合わせた人々とアップデートをする。友人の友人。ご両親。兄弟。

するとそのうち、男性に名を呼ばれた。この男性のことはよく知っており、しかしこの日言葉を交わすのは初めてだった。なんとなく身構え、あたりさわりのない会話を始める。

「久しぶり。リルヤが九歳だなんて早いねぇ。おめでとう」

私は山のようなプレゼントの包みを一つ一つ開けている主役に目を向けて、男性からさりげなく視線を逸らした。この男性は主役の父親であり、私の友人であるリルヤの母親とは三年前に離婚している。

この日の誕生日パーティーはちょっとだけへんてこだった。元夫婦の共同主催だったのだ。

「ありがとう」

いかにもいい父親といった風に彼は顔をほころばせた。実際にいい父親なのだ。家事もするし育児にも積極的に参加している。私が彼と初めて会ったとき、彼は休日の朝からチョコチップクッキーを娘のリルヤと焼いていた。

私の友人と、彼は、十年の結婚記念日を前にして別れることにした。いい夫婦だと思っていたし聞いたときはなかなかにショックだったけれど、まあフィンランドではよくあることだ。

この夫婦の場合もどちらかがギャンブルに手を染めたとか浮気したとか、そういう話ではない、と聞いている。細かい不満はあれど離婚に至る決定的なドラマはそこにはなく、友人曰く、「単に一緒にいる理由を使い果たした」のだという。奥が深いようで、浅い。本当にそれだけなのだから。

共同親権が基本の社会なので小学校に通うリルヤも両親の家を一週間ごとに行き来している。子育てをしていく上で相談という名の相手の同意を得る必要があれば元夫婦間で連絡も取る。どちらも近所に住んでいるので道端で顔を合わせることもある。彼らの間柄は離婚したとはいえ比較的穏やかである。

それでも、実際のパーティーは主役のかわいらしさとは裏腹にどことなく緊張感が漂っていた。

まず、離婚した元夫婦のそのまた両親や兄弟姉妹も集っていた。円満に別れたとはいえみんながみんな仲よしというわけではない。特に元嫁と元姑。元夫と元舅《しゅうと》。不自然に部屋の隅と隅に別れてくれればいいものを、お互いに「平気ですよ、大人ですから」という何食わぬ顔をして日常会話をするものだから、周りのゲストの方がはらはらしていた。ゲストの大半は離婚に際してどちらかの家族の愚痴を聞かされているのだからなおさらである。

私と父親である彼も、知人だから挨拶はしたものの、共通点がなくそれ以上会話が続かず、なんとなく黙り込んでしまった。

それに参加しているのはみんなの顔見知りだけではない。この集まりに気まずさと緊張感をもたらしているのは間違いなく新顔の、元夫婦の新しいパートナーだった。友人にはお付き合いして一年になる男性がおりさすがに今日は連れてきていないが、元夫の方はスレンダーな彼女を連れている。新顔なので礼儀正しくみんなのところを一通り回って紹介をする。彼の元伴侶《はんりょ》の両親にももれなく、だ。

私のような友人勢は前情報として彼ら元夫婦がそれぞれ幸せにやっていることは聞いていたし、一番反応の気になる今日の主役のリルヤとその友人たちも小学生となるとクラスの何割かは離婚家庭で両親それぞれに新しいパートナーができるという状況には慣れっこだろうけれど、だからといってこのリルヤの晴れの日に参加するというのは聞いていなかった。複雑な気持ちがないといったら嘘になる。

こればっかりは離婚大国のフィンランドで私がいまだに慣れない点である。離婚後幸せになるのはいい。友人の新しいパートナーもいい人そうだし、元夫も友人といたときより新しい彼女といる方がリラックスして見える。

しかし現在進行形の幸せと、元伴侶との共同事業を一緒くたにするのは何か違うんじゃないか。というか離婚後も共同で子供関連のイベントを開催するのは、「離婚しても元夫婦同士、仲いいですよ」というような体でその実イベント後にたっぷり元伴侶に対する愚痴が出てくるとわかっているのだから、もう別々にすればいいのに、と心の中で思っている。

父親と母親のところでそれぞれお誕生日パーティーをしてダブルで嬉しい、とはならないのだろうか。とはいえ私は離婚経験者ではないので、そこには私の計り知れない事情があるのかもしれないと、慎重に口をつぐんでいる。

この日のパーティーの日程決めも、子供の誕生日当日を一緒に過ごせるのは片親のみだから、もう一方の親にも花を持たせる意味合いでそちらのシフトの週にゲストを招いてのパーティーを開催する、という取り決めが元夫婦の間で交わされたらしい。そこまで配慮しないといけないのか、と驚いた。

パーティーの内容はケーキや軽食、飾りは母親が監督し、レクリエーションは父親が用意する、という役割分担になっていた。父親が準備した輪投げやボール当ては他の子供たちには好評だったけれど、用意していた景品が母親はあまり与えていないであろうカラフルなグミやキャンディーだったりして、あれ、と意外に思った。これ絶対あとで議論になるやつ。

結婚とは共同作業の連続だとよくいわれるが、離婚後の共同作業こそ懐の広さや周りの理解の深さが問われるのではないだろうか。

実際二人が離婚してからというもの、パーティーにやってくる大人の数は減った。離婚に慣れたフィンランド人でも両親など自身の身近な人が離婚しているからこそ拒否反応を示す人はいるし、何かと理由をつけてこのへんてこな共同パーティーへの参加を断る人も一定数いる。

その一方で、リルヤ自身が招くお友達の数が増えてきた。お姫様に憧れる少女は両親の人間関係なんてよそにたくましく自分の世界を築いていくのだ。

住みたくない街

ヘルシンキで最初に住んだ家は、いわゆる「人気の地域」だった。住みたい街ランキングの上位にいつも入っていて、「へえ、こんなところがね」と毎回私を不思議がらせていた。

こんなところと思っていたのにはわけがある。確かにそこは市街地にもそこそこ近く道もフラットで日本の山間部に実家のある私としては移動は楽ではあったけれど、その景観は面白みのない四角いマンションが立ち並ぶ住宅地だったのである。

ビーチはある。海を見ながら歩ける森もある。バルコニーから海も見える。それらをそのエリアの住民たちが自慢にしているのは知っていたが、実際住んでいたところはコンクリートだらけで、そこを出て徒歩数分でビーチに繰り出しても本当に暑い日にしか泳げないような水温を誇る冷たい海だ。何がいいかわからなかった。今もわからない。

しかし住んでいる間にも、私たちが売ってからもそのエリアの物件の価値は上がり続け、いまだに人気のようではある。ここに住んでいたの、というとみんな声をそろえて「いいところだね」といっていた。あまりにもほめられるので、エリアを告げたらほめる、そういうしきたりなのかと思ったぐらいだ。


次に住んだ場所で私はそれがお世辞でなかったのだと知る。

最初に住んでいた場所はいくら市街地に近いといってもバスアクセスのみ、バスの丁寧といえない運転に私は辟易としていたのだけれど、次の場所はメトロ駅からも近く街に出ていく気楽さは変わらない。

しかし住んでいるエリアの名前をいうと、誰も「いいところだね」とはいわない。メトロがあって便利だね、というようなことを遠慮がちにいった人はいたけれどそれぐらい。どうやらここはいいところじゃないらしいぞ、と気づいたのは引っ越してからしばらく経ってからだった。

いや、正確には夫が引っ越し前からその方面に越すことを渋っていたので偏見があるのは知ってはいた。というのもその家がある場所と西側に隣り合う地域は、住みたくないエリアにしばしば名前があがるような地域だったのだ。

酔っ払いがたむろしていて、たまに注射の針も落ちている。医者が多いという話ではない。購入時にもちろん知っていたけれど、その隣街を使わなければいいだけでは、と数年だけ住む仮住まいのつもりで決めた。

実際に住んでみると私の行動範囲はとても狭くなんら支障はなかった。それどころかその偏見のおかげで住宅の値段も安く大変助かったぐらいである。しかし地域の人たちの間にも分断があると気が付いたのは子供が保育園に行き始めてからである。

最初に子が通った保育園は、まさにその問題とされる徒歩二十分ほどの隣町に位置していた。幸運にも保育園の中というのは外界に影響されず園の先生や地域の方針に左右されるものである。その園では外国人が多く、半分外国人である我が子が通うにはうってつけでのびのびと育ててもらった。

園の送り迎えの際にも酔っ払いに絡まれたりというようなトラブルは一切な

く、たまに最寄りのショッピングセンターに寄るとろれつの回らない人がいて警備員が常にいるぞ、という程度だった。

その次の年に移った自宅最寄りの保育園は家から南に位置していた。通うのも隣町に行くよりも簡単で、森の中にある小さな園は建物も木造で愛らしくここでも子供はのびのびと遊べそうだと期待していた。

しかし実際に園が始まってみると子供のクラスメイトが見事に金髪の子だらけで驚いた。これまでソマリアやエチオピア、カタール出身の親を持つ子と一緒になっていたから目が慣れていなかったのだ。そういえばここフィンランドだっけ、と思い直し、それにしても外国人がいなさすぎやしないかと抱いた疑問は後日解けた。

我が家から西へ歩くと外国人の多いマンションが並ぶエリアがある。しかし南へ歩いていくと森が多く、そこには昔からの一戸建てがぽつぽつと並んでいる。東はもっと新しくできた一戸建てやテラスハウスが並ぶ。

腐ってもヘルシンキだ、新しい住宅となれば値段も当然、すぐ近所のマンションよりも高いだろう。子が二番目に通った森の中の保育園にはそういった新興住宅地や昔からの一戸建ての家の子が多かったというわけである。

子供たちが着ているものをよく見ていればさらに納得をした。そこそこ高価ではあるけれど目玉が飛び出るほどではない有名子供服ブランドをみんなさらりと着こなしているのである。最初の園ではファストファッションやスーパーのプライベートブランドが多かった。

そしてさらにのちに知ることになるのだけれど、その地域の人たちは最寄りのメトロ駅名を冠した地域名よりも、もっと小さいエリアの呼び名を使うことを好むようだった。日本の例でいうと、杉並区ではなく荻窪でもなく西荻、と特定したがるようなものである。

そのエリアにある種のステータスがあるらしく、住宅を売り出すときも「緑の多いこのエリア！」と大きく謳《うた》って、実際の学区が隣町と合同になることには小さく触れるにとどめる、といった具合に。自分たちは違うのよ、といっているのが透けて見えて、どの国でもくだらない見栄はあるのだなぁと呆れたものである。

もちろんその地域に住む人たちだけでなく、よその地域の人たちからの偏見もそこでは強く、私はそれを面白く眺めていた。私が住んでいると知らずそのエリアを「安い以外には住みたい理由が見つからない」と評した人もいれば、わかりやすく「ヘルシンキの端っこに引っ越すことになっちゃったんでしょ」と、もともと住んでいた地域との対比で同情を寄せてくれた人さえいた。

でも私からすればその二番目の家は静かな住宅地でコンクリートジャングルでもないし、車を見ることがなく森を通って公園やスーパーにアクセスができ子供を安心して放せる、愛おしい土地だった。

その後に引っ越すことになった地域は、再び市の中心寄りになる。子供が安心して地域の図書館に通える、森や公園が近くにあることを基準にして選んだ土地だった。ここだけの話、投資目的も少しある。

この土地も最初に住んだエリア同様、最近人気が出てきてわかりやすく「いいエリアね！」とほめられる。そのたびに私は心の底から同意する一方、二番目に住んだ土地を思い複雑な気持ちにもなるのである。

CAFE

スイーツ男子の伝説

夫の親友宅でのバーベキューに招かれた。それをホームパーティーと呼ぶと華やかな印象を与えてしまうけれど、気心の知れた友人家族とするのは「ただソーセージや好みの肉を焼きながら食べてだべる集まり」でしかないというのは認めておいた方がいいだろう。

その友人、オイヴァと夫はこれまた長い付き合いである。

結婚前、何かの書籍で「フィンランド人の交友関係は狭くて深い。本当に親しい人たちとのみ家族のような心地よい関係を築く」などと書かれているのを読んだことがあるけれど、我が夫の場合はまさにその代表のようなものだ。昔ながらの友人数人とだけ、一緒に旅行できるほどの付き合いを続けている。オイヴァもそのうちの一人で、オイヴァの奥さんのカイサも親戚《しんせき》のように一人異国からやってきた私を心配して移住当初は家に招いてくれたり、我が家に子供が生まれる前は練習のために子供たちを「貸して」我が家に泊まらせてくれたりしたものである。

そんなオイヴァ一家との共同バーベキューもとい肉をひたすら食べる集まりは、いつも会場となる側が食べ物を用意し招かれる方が買い足すというスタイルである。我が家で開催する場合も肉や魚介やサイドディッシュからデザートまで用意するけれど、それでもオイヴァは自分のお気に入りのメーカーのソーセージとファンタに酷似したオレンジ風味の炭酸飲料JAFFA（ヤッファ）を持ち込んでくるのが常である。そして勝手知ったる様子で我が家の冷蔵庫のドアを開け、格納や、食器棚からグラスを出すところまでセルフサービスでしてくれる。

最初にこれをやられたとき、冷蔵庫や棚の中まで掃除してなかった……！と焦りと恥ずかしさでびっくりしたけれど、もう今はオイヴァは冷蔵庫を開けるものだと知っているし、なんなら彼のソーセージや二本目のヤッファがバーベキュー本番になるまでひっそりと楽屋待ちしていられるようスペースを空けておくことも忘れない。

ちなみにヤッファは私の中ではファンタオレンジからさわやかさを抜いたやつ、としか認識されていないのだけれど、違いがわかる人にはわかるらしい。ファンタであってはいけないしヘルシーな果汁百パーセントオレンジジュースである必要もない。いつだか気を利かせたつもりでヤッファの、ノンシュガーバージョンを買っておいたら「これは本物ではない、従来の製品への冒瀆《ぼうとく》である」とオイヴァと、当時小学一年生だった彼の息子にぼろくそにいわれて以来うちでは彼らの炭酸飲料は用意しないことにしている。どうせでかいボトルが二、三本やってくるに決まっているのだ。そんでもって、こういった付き合い方もいざ慣れれば心地よいもので悪い気はしない。

話が逸れたがその日は、私たち夫婦が招かれた番だった。夫が何か持っていくものある？　と聞くと、じゃあデザートを、と甘いもの好きのオイヴァがいった。途中スーパーに寄り、彼の好物の揚げドーナツ・Ｍｕｎｋｋｉ（ムンッキ）を買おうとなった。

フィンランドのドーナツといえば、中央に穴が開いたものではなくこのムンッキである。あんドーナツそっくりの丸い形が主流で、グラニュー糖や粉砂糖がまぶされている。中身はラズベリーかいちごのジャム。表面にピンクのグレーズがかかったバージョンもあり、これはベルリンにちなんでベルリーニムンッキ、と呼ばれているけれど、ベルリンとのゆかりがあるようには見えない軽薄な桃色をしている。他に四角いもの、リンゴジャムが入ったバージョンなんかもあるけれど、一番消費されているのはまんまるいジャム入りのカロリー爆弾に違いない。

そのドーナツはスーパーで手に入る。スーパーマーケットのコーナーにはビニール袋に入れられた工場製造のパン以外にも店内で焼き上げるデリコーナーがあり、自分でトングで取って紙袋に入れてラベルを貼るスタイルで売られている。だいたい半分が総菜パン系、あとの半分が菓子パンでその中にムンッキは必ずある。どこの店に行っても、だ。わざわざベーカリーに行かずとも手に入りシナモンロールと並んで愛されているフィンランドの国民食といってもいいはずだけれど、地味だしたいていの国で同じような食べ物があり海外では特段有名にならない、損をしている存在なのだ。

そのムンッキを手土産に買っていこう。オイヴァ宅のバーベキューではたいていカイサが手作りのパイなんかを用意してくれているものだけど、きっとオイヴァのことだからそれだけじゃ足りなくてひっそりと頼んだのだろう、と恐妻家ぎみの彼の性格をだんだん把握しつつある私は想像する。

彼の子供は小学生を筆頭に下に小食の幼児が二人、我が家は子供が生まれる前で夫婦のみ。他にお客は共通の友人であるヤンネという男性が一名。合計で大人五人、子供三人。さて、算数の問題です。ムンッキはいくつ必要でしょう。

結果、買っていったのは三十個だった。

日本の一般的なカレーパンや揚げドーナツと同じぐらいの大きさである。もちろん油で揚げており、ずっしりとしている。一つ一ユーロもしないという安価なわりに砂糖もたっぷりとまぶされている。

それを、オイヴァは五つは軽くたいらげるという。彼は四十歳を過ぎてもスリムな体形を保っているくせに、好物のムンッキに関しては底なしで食べられるのだといい、今までで一度に十個食べたこともある、と豪語した。

それだけではない。三十代半ばのヤンネも里帰りの際お母さんの作った二十八センチホールケーキを、お母さんのパートナーの七十歳の男性と半分ずつ平らげたという記録の持ち主だ。いわゆる田舎のお母さんの作るデコレーションケーキで、ホイップクリームとキウイ、缶詰の黄桃などで飾られていたという。生クリームを二パック、つまり四百ミリリットル使ったお母さんも、まさかその日のうちになくなるとは思わなかったとびっくりしていたそうだ。

私の周りだけだと思いたい。私の周りだけだと念を押しておきたい。

しかし、私の周りのフィンランド人男性には、こういった伝説の保有者がごろごろしているのだ。

曰《いわ》く、一リットルアイスクリームを一人で食べた。手作りのシナモンロールならいくらでも食べられる。手のひらサイズのクリスマスのパイは一日五個まで。一粒チョコレートがいくつも入った箱ものは一日でなくなり毎日一箱消費される。三十センチはある平たい菓子パンは一人用。ケーキビュッフェで食べたのは二十種類、などなど……。

夫の同僚男性四名が集まって我が家の庭でバーベキューをしたときには、たっぷり冷やしておいたアルコールよりもはるかに早いスピードで、季節のベリーを入れて焼いたパイとアイスクリームがきれいに消え、その後私が不意に投げかけた「どこのシナモンロールがヘルシンキで一番か」という質問を皮切りに真剣なスイーツ談義が繰り広げられた。

その席にはバイクでモンゴルまで行ったトムも、気さくな上司のマイクもおり全員、四十歳を超えていた。そんな男性たちがそろいもそろって顔をほころばせ、あそこのはカルダモンの配分が多い、あの店はサイズが小さくなっただの、いやいやあの店はあっちの店と実は系列店で、だのと誰もが論説を持ち熱く語る様子は見ていてほほえましくもあり、あ、私の胃袋はこの国に順応できていないんだな……と思い知らされほっとした瞬間でもあった。

オイヴァ家でのムンッキははたして、バーベキューでお腹をいっぱいにした後だったにも拘わらず、私たちがお暇《いとま》する前に袋の底が見えていた。私は一つもらい、奥さんのカイサも二人の幼児も一つずつ、一番上の子は欲張って二つ。我が夫がおそらく三つは食べ、あとは残りの二人、オイヴァとヤンネがほぼ平らげたから……考えるのも恐ろしい数がブラックホールのようなお腹に消えていったことになる。それもコーヒーのお供として甘さを洗い流しながらの暴食ならわからないでもないけれど、ヤンネは持参したこだわりのドイツビールを、オイヴァは例の炭酸飲料ヤッファを飲みながらだったのでもう見ているだけで胸やけがしてくる。

そんな愛すべきスイーツ男子たちに囲まれているのに街中で見かける肥満体形の人に女性が多いような気がするのは、フィンランド人男性の基礎代謝《たいしゃ》量が極端に多いのだろうか、それとも女性が伝説を隠しているだけなのか。この謎は移住して何年も経っているけれど解けないままでいる。

番外編　幸福な人たち

ヘルシンキの市の中心部には寿司屋が点在している。いや、乱立している、が正しい。ショッピングセンターには寿司屋が必ず入っているといっても過言ではないし、路面店もいくつかあり、なかなか繁盛している。

そのほとんどが本格手握りの寿司ではなくビュッフェスタイルで食べ放題。海苔《のり》を使わない巻物や生魚の代わりにツナやアボカドやカニカマ、トッピングはマヨネーズやソースで飾られた華やかな、日本の寿司職人が見たら怒り出しそうな代物だ。しかもアジア系の移民が作っていることが多く、サイドディッシュに中華料理ともタイ料理ともベトナム料理ともつかないアジアンミックスフュージョンの炒め物や揚げ物が置かれているのが定番である。

私はこういったスタイルの寿司をヨーロッパ寿司と呼んでいるのだけれど、

日本の寿司とはまた別ものとしてたまに楽しむことにしている。サーモンの寿司はしっかりとサーモンの味だし、イカやしめさばやゆでだこ、マグロなど他の魚ネタが見つかれば儲《もう》けもん、お得な気持ちになれるのだ。そういった寿司本来のネタ以外も慣れればけっこう美味しい。

そんな寿司を一緒に食べに行く友達がいる。日本食が大好きなアリサは、久しぶりにランチでも、となるとラーメンか寿司を提案してくる。私も日々自分の工夫を凝らしながらもなんちゃってにしかならない和食に飽きているので、たまには人の作った和風のものが食べたいと、その提案に乗る。

というわけでアリサと寿司をつまみに来た。

ビュッフェスタイルの寿司というのは回転寿司とはまた違ったエンターテイメント性がある。ビュッフェテーブルに取りに行ったタイミングで新鮮なネタがあるかどうか、自分の食べたいものが切れていないか、または食べている最中に新しいネタが来ないかどうかなどを気にしつつ、食べ放題なので食べすぎないよう取りすぎないようにも気を配らなければならない。

しかも前述の通り寿司だけではなくサイドディッシュも充実しているので、

うっかり美味しそうな揚げ物や栄養バランスを考えて野菜たっぷりの炒め物などに手を出そうものならばすぐにお腹いっぱいになってしまう。

余談だが私がこのヨーロッパ寿司初心者であった移住一年目、輪切り状で周囲が黒っぽい天ぷらをビュッフェテーブルに発見し、ナスの天ぷらだ！　と喜び勇んで二、三個取り食べてみると輪切りにした太巻き寿司（おそらく前日の残り物）にてんぷら粉をつけて揚げたものだった、ということもあった。寿司を揚げようとしたその発想と根性、恐るべし。

そんなわけだから寿司ビュッフェというのは会話にまで気が回らず、気の置けない友人や夫としか来られないのだ。

その点アリサは、気軽に付き合える友人の一人だ。親友と呼べるほど親しくはしていないけれど、年に一、二回会って近況報告をしたりお互いの家族も交えてホームパーティーしたりしている。私より少し年下ながら彼女自身のあけすけな性格も、きちんと意見をいうところも付き合いやすい。

寿司を一通りお腹に収めて、さてこれからデザートにいくかどうしようかと迷いながら中国茶をすすり、ふと窓の外を見た。十一月、空は重たい雲に覆われていてお昼過ぎだというのに日が暮れそうな、いや、世界が終わりそうな暗さだった。ヘルシンキ一の繁華街であるのに、道行く人々の顔は冴えない。

おりしもその数日前、フィンランドが何度目かの「世界で幸福度ナンバーワン」だかなんだかに選ばれたとメディアで報じられたばかりだった。しかしそんな風には一切見えない。

「あの幸福度って、嘘だよねぇ……みんなあんなに暗い表情してるのに」

深く考えずに口から出てしまいアリサの箸《はし》を持つ手が止まったのを見た途端、しまった、と思った。

というのも私の周りには意外にも愛国主義の人が多くいて、そういう人たちは普段はよその国のことをほめたりフィンランドの気候を自虐ネタにして笑ったりする割に、外国人がフィンランドについて何か指摘するのをよしとしないのだ。それはフィンランド人の間だけでなく、私と同じ立場の移民の中にも見受けられる。こんないい国に住まわせてもらっているのに、と考える人たち。

実はアリサも、もともとは東南アジアの出身だ。日本とは違い母国が二重国籍を認めているので、彼女自身は移住何年目かにフィンランドのパスポートも永住権も取得している。よって見た目はアジア人だけれどれっきとしたフィンランド人だ。

アリサはどっちだったっけ、結構愛国主義な方だったっけとハラハラしているうちに、彼女は片方の眉を上げて興味深そうに私を見て笑った。

「幸福だからって別にいつも笑っているわけじゃないでしょ」

おっしゃる通りだ。

でも、日本のメディアだと教育水準が高くて社会保障もしっかりしていて、とフィンランドが夢の国みたいな取り上げられ方ばっかりしているのも事実だ。記事の中で見るフィンランドは、人々がみんな森や湖やサウナで、採りたてベリーに囲まれて幸せそうに笑っているような印象を受ける。もちろんそんな国存在しないのだけれど。

その通りにアリサに伝えると、彼女は小皿に醬油《しょうゆ》を足し、割り箸の先でわさびを溶かしながら私が普段極力口にしないよう、書かないよう気をつけている禁断の言葉を放った。

「この国の人たちは……」

私は少し身構えじっと窓の外を見つめて耳を傾ける。

「この国の人たちは、難しい状況でもどこかに対処法があるって信じているような気がする。この前、職場である人がミスをしたのね」

アリサは看護師として働いていた。医療系のミスと聞くとそれだけで責任重大という印象を受けるけれどそういう話ではないらしい。

「でもうちの部署ではそのミスをしたのが誰かって犯人捜しをするんじゃなくて、どうやったらミスがなくなるか話し合って共有しておしまい。再発防止だけに注力するっていうの、なんていうか、フィンランドだなぁって思ったな」

そういわれると、私にも似たような経験があった。私はフィンランドの企業で一会社員として働いている。

ある日ちょっとしたケアレスミスをしてそれを発見した同僚からグループ内共有メールで知らされたとき、「こういう間違いがシステム上にあったよ」とだけ書かれていた。私はすぐに自分がミスをしたと名乗り出て、どうして起きたのかその経緯と現在行った対処法と今後どう気をつけていくかを返信したのだけれど、同僚からは大丈夫大丈夫、としか返ってこなかった。そういうのは不要、という雰囲気さえ感じた。他の人がミスを犯した際も然り。日本の企業だったら始末書ものの間違いがあっても上司が怒鳴ったり、犯人捜しの会議を開いたりする習慣はない。

「たぶんフィンランド人の幸福って、いろんなことがどうにかなるって未来を信じているってことなんだと思う」

さらにアリサは、私が自分に禁じている「フィンランド人とは」という言葉を連発して例をあげてくれた。

ビールが美味しかったり、ちょっといいコーヒーやお気に入りのチョコレートを楽しんだり、サウナが心地よかったり、ソーセージをグリルしたり、サマーコテージに泊まったり、新じゃがを夏に楽しんだり。

難題に直面していても解決策はどこかにあると心の底から信じていて、そういう小さいことに感謝して生きられるから幸せなんだよ、と。

私の知っている最も顕著な例は、初夏の日差しだ。日本だったらまだ肌寒いとされる気温の中で、日が差せばみんなありがたがり薄着になって日光を浴びる。そして暗い冬のしかめっ面を脱皮したかのように急に開放的になる（酒の力も借りている)。そういう瞬間のフィンランド人は確かに幸福感にあふれているように見えるけれど、その他の季節の間もそんな日常の小さな幸せを上手に重ねていけたら確かに幸せだとは思う。

「もう一ラウンドいく?」

アリサはビュッフェテーブルを指した。店員がちょうど新しい巻物を入れ替えているところだった。

私もアリサも、母国の高品質の寿司はいったん忘れて、ここで見つけられる美味しいものを味わいにビュッフェテーブルに向かった。

おわりに　フィンランドは今日も平常運転

欧州難民危機に感染症の流行、それから身近で起きた侵略戦争。私が移住してきてからほんの数年の間にフィンランドでもいろいろあった。

そんな状況でもよくも悪くもフィンランド人って変わらないなというのが私の感想だった。

もともとの日常の地味さ、堅実さもさることながら、何十年も続けてきた生活習慣を変える気なんてさらさらないというある意味頑固、ある意味不自然なほどの自然体を折に触れて目にしてきた。

もちろんパニック買いなどどの国でも起こった一部の不安定な人たちによる非日常は引き起こされたけれど、それもいつの間にかもとに戻っていた。個々の内面が落ち着いているかどうかはまた別問題として、表層には微塵《みじん》も出さず穏やかである。変化に疎いのかとときどき心配になるほどだ。

話は変わって私が髪型を肩を越すロングヘアから顎より短いショートヘアに変えたときのことである。

そんなに短くするのは幼少期以来で、職場でも同僚たちに何かいわれるかな、と身構えていた。日本だったら冗談で「失恋したの？」とかお世辞でも「さっぱりしていいね」だのと反応が返ってくるものである。さて、ここフィンランドでは何といわれるのだろうと少し楽しみにして職場へ出向いた。

結果、見事に無反応。スルー。気づいていないか気に留めてもいない。

ひと気もまばらな職場で最初に会ったのは同世代の女性である。プライベートの悩みを打ち明けるほど仲よくはないがお互い子持ちで情報交換はよくする。しかも前日髪を切る前にも会っている相手だ。しかし、反応はないときた。

次に会ったのは約二週間ぶりに顔を合わせる同部署の男性。私が名前を呼ばれて振り返ったとき彼の眉が意外そうに上がったのは認めたけど、反応らしい反応といえばそれぐらいであった。

彼は恐妻家で社内では有名であるから、髪を切った女性に何日も経ってから「もしかして髪切った?」とうっかり声かけてしまう怖さが身に染みているのかもしれない。

それからやはり同部署の年配の女性。彼女が職場の中では一番頻繁に仕事を共にする間柄なのだけれど、実際に会うのは数週間ぶりだった。私の髪を見て「そういえば会うのは久しぶりね」と気づいた程度で、ヘアスタイルに関するコメントはなし。

そもそもこの国では人のファッションや髪や見た目について事細かにコメントをする習慣がない。素敵だと思えば素直にそう伝えていいのだけれど、日本のようにしょっちゅうほめ合ったり陰でけなしたり正面切ってまぜっかえしたりすることはないのだ、とようやく思い出した。

反応がないのはさすがに寂しいけれど、他人の容姿にとやかくいわず、もしくはまったく気を配らずというのもそれはそれで楽なものである。

ちなみに幼いながらもう言葉もしっかり身についた我が子たちも、美容院から帰った私を見てノーコメント、反応なしだった。

彼らは立派なフィンランド社会の一員といえよう。それか私の髪型が似合っていないかのどちらかである。

芹澤 桂　せりざわ かつら

1983年生まれ。日本大学藝術学部文芸学科卒業。2008年「ファディダディ・ストーカーズ」にて第2回パピルス新人賞特別賞を受賞しデビュー。ヘルシンキ在住。フィンランドに移住して書いたエッセイ「フィンランドで暮らしてみた」（ウェブ連載）が飾らないユーモア溢れる文章で人気を集める。著書に『ほんとはかわいくないフィンランド』『やっぱりかわいくないフィンランド』『意地でも旅するフィンランド』（幻冬舎文庫）。

本作品は当文庫のための書き下ろしです。

読んで旅する
よんたび

フィンランドは今日《きょう》も平常運転《へいじょううんてん》

著者　芹澤 桂《せりざわかつら》

2022年6月15日　第1刷発行
2024年9月5日　第4刷発行

発行者　佐藤 靖
発行所　大和《だいわ》書房
東京都文京区関口1-33-4
電話 03-3203-4511
フォーマットデザイン　吉村 亮（Yoshi-des.）
本文デザイン　albireo
本文印刷　信毎書籍印刷
カバー印刷　山一印刷
製本　ナショナル製本

ISBN978-4-479-32019-7
乱丁本・落丁本はお取り替えいたします
http://www.daiwashobo.co.jp